AF398377

Herstellung: Libri Books on Demand

ISBN 3-89811-514-3

Eins

Ich sterbe, dachte ich und sackte in den Sand. Niemand hatte mir vorher gesagt, dass es so schön ist. Der ganze Weg von tausend Kilometern hing an mir wie Teer und Federn. Ich war zu keinem Handschlag mehr fähig, ich roch Salz und Meer und ließ den feinen Sand durch meine Finger rieseln wie Puderzucker. Das Mittelmeer schwappte an den Strand. Es war Vollmond, die Sterne waren weit weg und leuchteten. Ich war zum Umfallen müde, jede Bewegung ließ mich kalt. Ich zählte die Sekunden, als wären es Stunden. Und das ist noch gelogen. Ich lauschte in die Stille und langsam kroch dieser neue Puls in meine Adern. Einfach allein sein, wenn man sowieso schon allein ist, dachte ich und war bereit, die Illusionen von einer großen Sache hinter mir zu lassen. Ich wollte nachsehen, was danach kommt. Für's erste rollte ich mich im Sand zusammen. Der Boden war noch angenehm warm, die Decke ließ ich im Wagen. Denn ich hätte aufstehen müssen, das wollte ich mir nicht zumuten. Irgendwann wachte ich auf, mit Tränen in den Augen. Die Sonne stand am Himmel. Es machte mich glücklich.

- Willst du ein Stück Baguette?, fragte mich eine tiefe, heisere Stimme.

Verschlafen drehte ich mich auf die andere Seite und schaute in zwei Augen, grün wie der Dschungel. Und in Falten wie Berg und Tal. Der Mann war mindestens 70, hatte sich aber gut gehalten. Seine Haut war tiefbraun, seine wenigen Haare grau und ganz leicht verfilzt. Er trug ein weißes Hemd, ein schwarzes Jackett und eine schwarze Anzughose. Seine Sachen machten nicht den Eindruck, als habe er sie gestern frisch aus dem Schrank geholt. Im Gegenteil. Sie waren knittrig und leicht angeschmuddelt, verrieten aber Stil. Oder mehr noch: Ausstrahlung.

Er brach ein Stück Brot ab und reichte es mir.

- Ich habe gesehen, wie du heute Nacht angekommen bist, sagte er .

- Leider hast du den Sonnenaufgang verschlafen. Die Zeit, wenn das Meer seine Farbe wechselt und die Fischerboote zum Fang auslaufen.

Ich blickte ihn fragend an.

- In der Nacht leuchtet es grünlich, sagte er, erst beim Morgengrauen wird es wieder blau.

Dabei schaute er mit einer Liebe in den Augen auf den Ozean, als ob er nur noch für diesen Ausblick leben würde. Ich knabberte an meinem Brot, während er eine lange Pause einlegte, als hätten ihn die paar Worte schon erschöpft.

- Wie heißt du, fragte er schließlich.

- Nicky, sagte ich, aber eigentlich heiße ich Nicolai.

- Serge, sagte er und reichte mir auf ungelenke Art die Hand. Eigentlich hätte ich George heißen sollen, aber meine französische Mutter hat sich mal wieder durchgesetzt.

- Und dein Vater, fragte ich.

- Der war Ire. Ein Mann wie aus Stein gemeißelt, mit einem Herz, so groß wie seine Insel, sagte Serge und schaute mit diesem melancholischen Blick auf die Wellen, dass ich keinen größeren Wunsch mehr verspürte, als mit diesem Kerl bis in alle Ewigkeit hier zu sitzen.

- Er war ein Saufbold, und nicht mal das hat er sich leicht gemacht. Meine Mutter hat ihn geliebt, es war nicht gut für sie. Sie ist daran gestorben.

Seine Miene verriet nichts, nur seine Augen zeigten diese gesunde Traurigkeit. Ein Ausdruck den Menschen haben die glücklich sind und wissen, dass sie die Welt nicht um zu viele Gefallen bitten sollten.

- Hast du am Strand geschlafen, fragte ich.

Wortlos deutete er auf eine Stelle, vielleicht 50 Meter von meinem Platz entfernt. Ich konnte nur eine Decke erkennen, mehrere Bierflaschen und einen alten Hut.

- Dort ist der schönste Platz im Umkreis von einem Kilometer, sagte er. Ich habe lange danach gesucht. Aber von da siehst du alles. Und wenn das Meer seine Farbe wechselt, dann glitzern die Schaumkronen.

- Schön, sagte ich, einfach um etwas zu sagen. Ich fühlte nur, dass der Alte mir eine Menge voraus hatte. Und mit Sicherheit noch verdammt viele Geschichten auf Lager. Er grub mit seinen Fingern im Sand, so elegant, als hätte er das irgendwann einmal mit Goldstaub gelernt. Dabei hielt er sich aufrecht. Sehr gerade.

- Ein Kaffee und ein Pastis wären jetzt fein, sagte er und stand auf. Ich nahm es als Aufforderung und ließ mich nicht lange bitten. Es war noch früh, aber nicht zu früh. Die Sonne brannte vom Himmel und es wurde langsam richtig heiß. Der Strand füllte sich mit Menschen und wir waren bereit, ihnen Platz zu machen. Serge ging gemächlich auf die Promenade zu. Seine Bewegungen verrieten nichts von seinem Alter, ich spürte höchstens den Anflug einer Müdigkeit. Ein ganz leichtes Zögern vor jedem Schritt. Fast wie eine große Zärtlichkeit zum Leben. Und vielleicht eine noch größere Unbedingtheit.

- Siehst du da vorne das kleine Lokal mit der rot-weißen Markise, Nicky, fragte er und deutete mit der Hand in Richtung des Yachthafens von Nizza. Ich folgte seiner Bewegung und konnte vielleicht zweihundert Meter weiter ein winziges Café erkennen.

- Die Casba gehört einem Marokkaner, Nadim, er ist ein Freund von mir. Dabei lächelte er vielsagend.
Auch Nadim lächelte, als wir in den dunklen, kleinen Raum traten. Er umarmte Serge und nickte mir zu. Dann verzog er sich hinter die Theke und schob uns gleich darauf zwei Tassen starken, arabischen Kaffee über den Tresen.

- Ich möchte dir Nicky vorstellen, sagte Serge und legte seine Hand auf meine Schulter.
Nadim verzog seine Lippen zu einem Grinsen und nickte mir zu. Seine tiefbraunen Augen blieben dunkel. Der Zucker löste sich im Kaffee und machte ihn süß. Ich wandte meinen Blick zum Wasser. Einige weiße Wolken hingen über dem Meer, es wehte eine ganz leichte Brise. Serge trat vor die Casba und setzte sich auf einen verfallenen Holzstuhl. Nadim verschwand im Nebenraum. Ich wollte jetzt endlich einen Pastis haben und bat Nadim um zwei Drinks, als er wieder hinter der Theke auftauchte. Ich lauschte dem Straßenverkehr von draußen. Irgendein Idiot hupte wie besessen. Ich wünschte ihn zum Teufel und war wohl nicht der einzige. Zwei Typen schrien sich an. Der eine kletterte aus seinem Wagen und stellte klar, dass er dem anderen alsbald die Fresse polieren werde. Dieser ließ sich auch was Nettes einfallen. Ich brachte Serge sein Glas nach draußen und setzte mich zu ihm auf einen Korbstuhl. Das Wasser färbte den Pernod milchig. Serge war still, sagte auch nichts, als Nadim mit einem Schälchen Oliven, Tomaten und etwas Brot vor die Tür trat.

- Habt ihr heute schon etwas gegessen, fragte er und blickte Serge an.

- Baguette, sagte Serge und warf einen Blick auf das Gemüse. Aber Tomaten wären nicht schlecht.
Er griff sich eine Dicke aus dem Korb, biß hinein und nahm sich mit der anderen Hand ein Stück Brot.

- Greif zu, forderte Nadim mich auf.
Ich hatte eigentlich nur darauf gewartet. Das Stückchen Baguette heute morgen hatte mein Magen schon fast vergessen. Die lange Fahrt von gestern steckte mir noch in den Knochen. Und mit was kann man einen Tag besser anfangen als mit Kaffee, Pastis und Tomaten, die ihre Tage unter der südlichen Sonne verbracht haben?

- Vielen Dank, sagte ich.
Er nickte mir zu. Kaum merklich schlug er seine Augen nieder und lächelte wieder. Eine Geste, die ich mir gut merken wollte. Denn sie hatte eine ehrliche, gezielte Wucht. Voller Würde. Ich fühlte mich wohl dabei.

- Willst du hier in Nizza bleiben, fragte mich Serge.
Ich zögerte etwas, denn über die weiteren Tage und Wochen hatte ich mir noch gar keine Gedanken gemacht. Mir war fast alles recht, wenn es mich nur ablenkte.

- Ich weiß noch nicht, antwortete ich, fein wäre es schon. Ich wüßte im Moment keinen besseren Platz für mich.

- Und wo willst du wohnen, fragte er und kniff seine Augen zusammen, weil die Sonne über eine Bergkuppe geklettert war und ihn blendete.

- Hast du Geld?
Ich hatte keins. Jedenfalls nicht genug, um mir auf Dauer ein Hotel zu leisten.

- Nein, sagte ich. Nicht wirklich. Ich bin einfach mit dem, was ich hatte losgefahren. Es wird schon reichen.

- Das ist gut, sagte Serge und rief Nadim zu, er solle uns noch einen Pastis bringen. Dann kannst du bei uns wohnen.

Zwei

Tom schnippte die Kippe ins Hafenbecken. Es war seine letzte. Bereits seit einer Stunde saß er am Kai und war sich unschlüssig, was er am Abend machen sollte. Er zählte sein Geld. Es reichte für zwei Bier, mehr war nicht drin. Er würde wieder ehrliche Arbeit annehmen müssen. Gleich morgen wollte er sich bei der Hafenverwaltung umhören, vielleicht war etwas zu entladen oder auch ein Boot zu streichen. Aber im Juni sah es mit Arbeit immer schlecht aus. Die Yachten waren in den Wintermonaten ausgebessert worden, Nahrungsmittel wuchsen jetzt in Fülle auf den heimischen Feldern. Auch die Hotels hatten im Winter renoviert. Er gab sich also keiner großen Hoffnungen hin. Und eigentlich war es ihm auch egal. Er kannte es nicht anders, als das es irgendwie weitergeht: alt genug, um es dem Leben zurückzuzahlen und jung genug für den eigenen Ausverkauf. Er war siebzehn.

Ein älterer Mann im eleganten Zweireiher ging auf dem Betonsteg an ihm vorbei zu seinem Boot. Tom bat ihn um eine Zigarette. Er gab ihm eine aus seinem vergoldeten Etui. Tom gab sich selbst Feuer und machte sich auf den Weg in eine Bar. Sicherlich würde er einen Dummen finden, der ihm ein Bier spendierte. Oder ein Mädchen - die Mädchen im Urlaub hatten Geld und er sah unverschämt gut aus.

Die Nacht war bereits angebrochen. Als er die Kneipe betrat, war sie schon recht voll. Tom ging straight zur Theke und hockte sich neben zwei Typen, die spendabel genug aussahen. Er bestellte sich ein Bier und lauschte dem Gespräch der beiden. Es war langweilig, wie sie selbst. Eine Diskussion über die Chancen der Selbsterkenntnis am Rande eines Nervenzusammenbruchs. Tom schlug ihnen eine Runde Knobeln vor. Sie fanden, es sei eine gute Idee und zeigten es ihm überschwenglich. Tom gewann, die beiden verloren nicht zu knapp. Er gab den Verlierern einen Drink aus und fand es schön, sich großzügig zu geben. Dann ging er, damit nicht noch einer auf dumme Gedanken kommen konnte.

Seine bevorzugte Bar war nur einige Meter weiter die Straße herunter. Er ging oft dahin. Dort waren die hübschesten Mädchen und das ist immer ein Grund. Gelegentlich traf er

Bekannte aus seiner ehemaligen Schule. Aber nur selten, und überhaupt gab er sich auch nicht gerne mit diesen Typen ab. Sie waren zu freundlich, leicht zu täuschen, schlicht langweilig. Einer war dabeigewesen, mit dem hatte Tom sich verstanden. Wie Brüder waren sie durch die Gegend gezogen, vereint in ihrem Einzelgängertum. Und keiner hatte gewagt, sie anzufassen. Aber die Schule war vorbei und sein Freund in die Hauptstadt gegangen, um irgendeinen einen Beruf anzufangen. Tom hatte sich nie um so etwas gekümmert. Er wollte am Meer bleiben und manchmal nahm er Arbeit an.

Vor der *Bar Americain* standen die Jugendlichen wie an jedem Abend und tranken. Tom grüßte einige flüchtig, darunter auch ein Mädchen, mit dem er vor einigen Tagen geschlafen hatte. Er überlegte, ob er zu ihr gehen sollte, verwarf den Gedanken aber wieder. Sie war zickiger, als er heute ertragen konnte. Früher oder später hätte es ihm den Abend verdorben. Er bestellte ein Bier an der Bar und ließ seine Augen durch den schmalen Raum schweifen. Sein Blick war wie ein herrenloser Hund, er schnüffelte an allem, nur um zu schauen, ob es schön ist. Tom blieb an einem Mädchen hängen, sie saß an einem kleinen Tisch und schaute ihn an. Ihre Blicke waren von einer solchen Intensität, er mußte die Augen niederschlagen. Als er wieder hinsah, hielt er ihr stand. Und fast wäre er noch schüchtern geworden. Neben der Kleinen saß ein anderes Mädchen, aber keine Konkurrenz für sie.

Tom fand es schwer, einfach zu ihr zu gehen und sich neben sie zu setzen, wie er es sonst oft machte. Bei jeder anderen hätte er sich Mut angetrunken, bei ihrem Anblick aber brachte er keinen Schluck runter. Dass er keine andere Wahl hatte, wurde ihm in den nächsten Minuten klar. Er stieß sich von der Theke ab wie von einem rettenden Ufer. Nicht sicher, ob er es jemals wieder erreichen würde. Seine Hände waren feucht, als er sich zu ihr setzte. Cool war es nicht, aber doch eine ganz neue Sache. Nie gefühlt. Ihr Name sei Maria, sagte sie. Dann schlug sie ihre Beine übereinander und der Rock spannte sich um ihre braune Haut. Tom war es ernst damit, als er den Rest seiner Sicherheit zusammenkratzte und ihr lebhaft erklärte, dass ihm eigentlich nichts einfiele, über das sie reden könnten. Sie fand ihn sehr charmant. Das andere Mädchen hatte sich schnell verdrückt. Beiden war es recht gewesen. Als sie zusammen die Bar verließen, gab es eigentlich nur noch ein kleines Problem: Tom mußte noch schnell den richtigen Wagen finden.

Drei

Es ist nicht so, dass mich seine Einladung umgehauen hätte. Der Strand ist schließlich für alle da, dachte ich mir.

- Das ist nett, sagte ich, vor allem will ich das Farbenspiel des Meeres nicht verpassen.

- Willst du die Nacht wieder im Sand verbringen, fragte er und kratzte sich im Nacken. Ich war jetzt schon die zweite Nacht draußen und würde gerne mein Bett wiedersehen. Ich habe schon Sandkörner im Arsch.

Wenn er meine Verblüffung bemerkt hatte, dann verlor er jedenfalls kein Wort darüber. Meine Frage schluckte ich so schnell herunter, dass ich mir dabei fast auf die Zunge biß. Ich spülte mit Pastis nach und prostete ihm zu.

- Salute, sagte er und setzte zu einem Zug an. Die Falten auf seiner Stirn traten hervor und riefen mir sein Alter wieder ins Bewußtsein. Der Schimmer des Glases brach sich in seinen Augen und warf einen funkelnden Schein zurück.

- Laß uns gehen. Es wird Zeit für eine Siesta im Schatten. Er griff in seine Tasche und zog einige Scheine hervor.

- Ich möchte zahlen, sagte ich.

Er schüttelte den Kopf, zählte das Geld ab und legte es auf den Tisch.

- Du kommst auch noch dran!

Den Wagen hatte ich direkt an der Strandpromendade geparkt. Serge ging gemächlich zum Wasser, um seine vertreuten Habseligkeiten einzusammeln. Ich schaute seiner stolzen Erscheinung hinterher und wunderte mich wieder, wie leichtfüßig er über den Sand schritt. Seine Hüften wiegten das Gewicht ab, jeder Tritt wirkte so sicher. Wie auf einem Tanzparkett, dachte ich und konnte meinen Blick nicht abwenden. Das Meer rollte sanft und lud zum Baden ein. Es waren einige Touristen am Strand, die alles, was sie hatten, in die Sonne hielten. Erst als Serge sich auf den Rückweg zum Auto machte, fing ich an, meine Klamotten etwas zu ordnen. Schließlich sollte er ausreichend Platz haben. Ich schmiß meinen ganzen Kram auf die Rückbank. Viel war es nicht. Hosen, Shirts, das Übliche halt. Eine Fotokamera. Eine Lederjacke, zwei Bücher. Leere Bierdosen und dann fiel mir auch dieser Scheißbrief wieder in die Hände, den ich immer noch nicht abgeschickt hatte.

- Nimm die Straße Richtung Antibes. Dann biegen wir irgendwann rechts ab, sagte er.
Ich ließ den Wagen an und fuhr los. Es war nicht allzuviel Verkehr, die Straße führte direkt an der Strandpromenade entlang und hatte in jeder Beziehung etwas zu bieten. Ich kurbelte die Scheibe herunter und warf einen Blick auf Serge. Er hielt seine Nase in den frischen Windzug und atmete tief durch.

- Weißt du, sagte er, ich schätze, der Juni ist hier der schönste Monat. Es ist warm, aber die Leute halten sich noch in Grenzen.

- Auch deswegen bin ich hier, sagte ich.
In meiner Stimme lag ein Zögern. Serge schaute mich an, vielleicht eine Sekunde zu lang. Dann legte sich ein Lachen um seine Mundwinkel.

- Ich weiß, sagte er und steckte sich eine Gauloises an.

- Gib mir auch eine, sagte ich. Und nahm einen tiefen Zug. Die Straße wand sich durch die hügelige Landschaft immer nahe an der Küste entlang. Der Duft von wildem Ginster und Lavendel lag in der Luft. Die Asphaltspur flackerte in der Sonne. Wir waren etwa sechs Kilometer gefahren.

- Bieg da vorne links ab, sagte Serge und deutete mit einem flüchtigen Nicken auf eine kleine Seitenstraße, vielleicht 200 Meter weiter. Der Weg war von hüfthohen, weißgekalkten Steinmauern gesäumt. Dahinter erstreckten sich Wiesen und vereinzelte Gebäude.
Der Wagen schlug sich durch Schlaglöcher, ich fuhr langsamer, um besser ausweichen zu können. Eine Fliege zerplatzte an der Windschutzscheibe.

- Da ist es, sagt er. Wir standen vor einem kleinen, rotgeziegelten Steinhaus mit einem löchrigen Schuppen daneben. Vor dem Haus stand ein porzellanweißer Porsche und blitzte in der Mittagssonne.

- Scheiße, murmelte Serge, als ich langsam in die Einfahrt fuhr und meinen Wagen neben dem Prachtding parkte. Wir stiegen aus. Ich war noch nicht ganz draußen, da lief der Alte schon auf das Haus zu und verschwand im Innern. Sekunden später kam er wieder heraus.

- Hilfst du mir bitte, den Wagen in den Schuppen zu schieben, fragte er. Ich kann den Schlüssel nicht finden.
Der Porsche war leicht zu bewegen. Ohne große Anstrengung schob ich ihn alleine in den Schuppen, während Serge lenkte.
- Gut, sagte er, als sei er eine schwere Last losgeworden. Das hätten wir.
Ich folgte ihm ins Haus. Der erste Raum war eine kleine Küche. Es gab einen Kühlschrank, einen Herd, Spüle und einen Tisch. Von der Küche aus konnte ich in ein kleines Nebenzimmer blicken. Schränke waren mit Büchern vollgestopft. In der Ecke führte eine Treppe nach oben. Serge ging zum Kühlschrank, schnappte sich eine Flasche Weißwein, zwei Gläser und stellte beides auf den Tisch. Nachdem er eingeschenkt hatte, sagte er:
- Nicky, wenn du willst, bist du hier zu Hause. Dein Bett zeige ich dir. Seine Stimme klang erschöpft, wenn auch nur leicht.
- Ich könnte mir kein schöneres Angebot vorstellen, Serge, sagte ich und schaute ihm direkt in die Augen.
Er nickte nur und setzte sich endlich.

Es wurde schon dunkel, als ich aufwachte. Die Sonne senkte sich feuerrot über den Hügeln. Von meinem Fenster aus konnte ich in der Ferne das Meer sehen. Die Weite verschwand im Dunstschleier. Ich hatte nicht so lange schlafen wollen. Aber als Serge sich nach einem Glas Wein zur Siesta verabschiedete und mir mein Zimmer zeigte, legte ich mich auch eine Weile auf's Ohr. Es war Abend. Ich fühlte mich ausgeruht und richtig wohl. Wie schon lange nicht mehr. Irgendwie habe ich doch verdammtes Schwein, dachte ich mir. Ich haue ab, kaum Geld in der Tasche und was passiert; ich treffe so einen Kerl wie Serge und habe plötzlich ein wunderbares Zimmer in den Hügeln hinter Nizza. Mit Blick auf das Meer. Ein richtiges Bett und wahrscheinlich einen Freund. Ein wohliger Schauer lief mir über den Rücken. Als ich einen letzten Blick auf den Hof warf, rannte eine Gestalt um die Biegung des Weges. Ein junger Mann, nicht älter als zwanzig. Schlank, mittelgroß, mit schwarzen Haaren. Er lief auf das Haus zu, unter seinem weißen Shirt spannten sich kräftige Muskeln. In seiner Hand hielt er eine Papiertüte. Ohne anzuklopfen trat er unten in die Küche. Ich hörte, wie er Serge begrüßte, der mit einem Knurren antwortete.

- Das ist Nicky, sagte Serge zu dem Jungen, als ich in der Küche auftauchte.

- Und das ist Tom. Mein Enkel.

Tom stand an der Spüle und wusch einen Fisch. Ein anderer lag noch in der Papiertüte. Er nickte mir zu. In seinen Augen schlummerte ein energischer Durchsetzungswille und zugleich eine tiefe Verlorenheit. Und ich wußte nicht, welche Eigenschaft ausgeprägter war.

- Serge sagt, du wohnst bei uns. Tom blickte mich über die Schulter an. Sei herzlich Willkommen. Er lachte mich an.

- Hast du gut geschlafen?, fragte Serge.

- Wunderbar, sagte ich. Wäre fast nicht mehr aufgewacht. Als ich dann wach war, konnte ich mich nur schwer von dem Blick auf das Meer losreißen.

- Du mußt es bei Gewitter erleben, sagte Serge. Wenn hier oben die Blitze niedergehen, der Regen auf das Hausdach prasselt und die Wogen an die Küste peitschen. Bei einem richtigen Gewitter kann ich nie schlafen. Dann holen mich die Erinnerungen ein. Seine Hand war zur Faust geballt. Er schüttelte verhalten den Kopf. Ein Schatten legte sich auf seine Stirn.

- Naja, sagte er und seine Hand entspannte sich wieder, bis zu den Sommergewittern ist es noch etwas hin. Aber du wirst sie erleben.

Tom hatte unterdessen eine Pfanne auf den Herd gesetzt und schmiß die ausgenommenen und entgräteten Fischhälften hinein. Dann fing er an, Zwiebeln zu hacken. Serge schnitt Brot und ich konnte es nicht lassen, mir ein Glas Wein einzuschenken. Die Tür zum Hof stand offen und ließ die milde Luft des Abends hinein. Bis auf das Zirpen einiger Grillen war es vollkommen still. Den Duft der Luft hätte ich mir gerne als Gewürz auf's Brot geschmiert. Ich hielt meinen Kopf in der Hand. Es half mir nicht bei einer Lösung der Frage, was ich anstellen sollte, um mich nicht mehr bewegen zu müssen. Serge stellte einen Teller vor mich und riß mich so aus meinen Gedanken.

- Fisch ist fertig, rief Tom und es roch phantastisch.

Er verteilte die Fische und griff nach dem Brot. Ich füllte die Gläser mit Wein. Wir aßen ohne zu sprechen. Obwohl eine tiefe

Ruhe im Raum lag, merkte ich, dass noch eine Aussprache ausstand.

Serge putzte sich mit dem Ärmel über den Mund. Er nahm einen Schluck Wein, ging zur Spüle und holte sich ein Glas Wasser.

- Tom, sagte Serge, nachdem er sich wieder auf seinen Platz gesetzt hatte, wenn du schon unbedingt diesen Scheißschlitten klauen mußt, dann fahr ihn verdammtnochmal wenigstens in den Schuppen. Er gestikulierte mit seinen Händen in der Luft. Seine Augen waren schmale Schlitze.

- Die Leute hier sind doch nicht blind. Die schicken uns die Bullen auf den Hals.

Tom schlang seinen letzten Bissen Fisch herunter. Er duckte sich unmerklich. Dann schaute er Serge in die Augen. Angriffslustig und trotzdem mit dieser unendlichen Rücksicht.

- Ich hatte keine andere Wahl, sagte Tom, seine Halsmuskeln spannten sich.

- Erzähl mir keine Lügen, sagte Serge und war nicht weniger angriffslustig als sein Enkel.

- Ich mußte sie haben. Ihre Haare sind wie ein Vorhang aus schwarzem Satin. Ihre Finger wie Libellenflügel. Und ihre Figur - sowas hast du noch nicht gesehen. Sie ist Spanierin.

Ohne dass er es wollte, war Tom ins Schwärmen geraten. Ich hätte gerne mehr über das Mädchen erfahren. Vielleicht hatte sie noch eine Freundin.

- Das erklärt noch nicht den geklauten Wagen, sagte Serge und damit hatte er recht. Er gab Tom und mir noch etwas Wein.

- Der stand am Hafen. Du weißt doch, wie leicht diese Schüsseln zu knacken sind. Ein Stich mit dem Schraubenzieher und ratz-fatz war ich drin.

Fast automatisch vollführte er eine raffinierte Bewegung mit der Hand. Für mich hatte sie etwas Poetisches.

- Sie wartete vor der Bar auf mich. Als sie einstieg, wurde mir heiß und kalt. Ich bin dann mit ihr hierhin gefahren. Und zwei Tage nicht aus dem Bett gekommen.

Dabei lachte er Serge unsicher an. Sein Lachen hatte diese Melange aus Schüchternheit und zielbewußtem Charme, ich sah wie Serge weich wurde. Wie sehr muß Tom erst dieses Mädchen verrückt gemacht haben, fragte ich mich.

- Du hättest ihn schon lange wieder wegbringen können. Serge gab nicht nach. Warum hast du das Mädchen nicht wie die vielen anderen auch zu ihrem Hotel gebracht und den Wagen irgendwo stehengelassen?

- Weil ich sie heute Nacht wieder treffe, sagte Tom. Ich bin verdammtnochmal verrückt nach ihr.

- Ach du Scheiße, Serge strich sich gequält langsam durch sein Haar. Und bringst uns damit in den Knast.
Er stand auf und trat vor die Tür. Ich schaute Tom an und studierte seine Reaktion. Er hatte sich im Stuhl zurückgelehnt und schaute dem Alten nach. Eine halbe Minute verstrich, vielleicht auch eine ganze. Dann, wie beim Ansatz zu einem Sprung, stand Tom auf, ging zur Tür und legte Serge seine Hand auf die Schulter.

- Mach dir bitte keine Sorgen, sagte er, ich bringe den Schlitten weg. Du wirst ihn nie wieder sehen.
Eine Antwort wartete Tom nicht ab. Er drehte sich um und schlug den Weg in Richtung Badezimmer ein. Während der ganzen Diskussion hatte ich den Mund gehalten. Ich bewunderte die beiden, wie sie kämpften und dem anderen dabei nicht die Würde nahmen. Tom war ein Nogood. Und Serge war mit Sicherheit nicht besser. Höchstens erfahrener, weiser und bestimmt ein ganz anderes Kaliber. Aber beide waren von einer Art Mensch, die in diesem Leben selten auf der Gewinnerseite steht. Und das nur, weil sie ihr Herz nicht aus den Dingen heraushalten können.

- Er wird dich fragen, ob du mitfahren willst, sagte Serge, als er Minuten später wieder in die Küche trat.

- Lust hätte ich schon, sagte ich und das war untertrieben.

- Dann pass auf ihn auf.

Vier

Der weiße Porsche flog wie ein Raubvogel über die Straße. Fast lautlos arbeitete der Motor, die Scheinwerfer glitten über Mauern und Bäume. Tom kannte sich aus mit Autos, sein Fahrstil war geschmeidig, seine Bewegungen am Lenkrad fließend. Er wußte eine Kurve zu nehmen. Und auf den Geraden behielt er den Überblick. Ich fühlte mich wohl auf dem Beifahrersitz, obwohl ich das Prachtstück gerne selbst gefahren wäre.

- Wo hast du Serge kennengelernt, fragte Tom unvermittelt. Wir hatten seit der Abfahrt geschwiegen.

- Am Strand, sagte ich. Er hat dort geschlafen und ich auch.

- Das macht er manchmal, sagte Tom und schaltete einen Gang tiefer, du hast ihn bestimmt für einen Penner gehalten?

Ich zögerte mit meiner Antwort, aber nur, um die Worte richtig zu setzten.

- Wir haben uns verstanden. Mehr war gar nicht wichtig.

Tom schwieg. Sein Profil war kantig, im Dunkeln sah er schon sehr erwachsen aus.

- Wir haben nicht einmal geredet. Mir war, als wüßte er schon alles über mich. Da war mir selbst das größte Rätsel. Ohne eine Frage zu stellen, hatte er mich eingeladen, sein Gast zu sein.

Die Lichter der Stadt kamen näher. Ich mußte an die Nacht denken, in der ich gekommen war. Auch da hatte sie vor mir gelegen wie ein Brocken weißen Perlmuts. Ein Hafen der Verheißung. Für einen kurzen Moment schnürte mir etwas den Hals zu. Ich schluckte.

- Wenn wir gleich aussteigen, sagte Tom und deutete mit seinem Zeigefinger auf mich, dann sieh zu, dass dich keiner beobachtet. Und wenn dich jemand auf den Porsche anspricht, dann weißt du von nichts. Klar?

- Logisch, sagte ich und fühlte mich behandelt wie ein kleiner Junge. Tom, warum schläft Serge am Strand?

- Er hat so seine Geheimnisse.

Tom schaute auf das glitzernde Nizza und war mit seinen Gedanken bestimmt schon bei der kleinen Spanierin.

- Wenn ich ein Mädchen oben habe, dann haut er ab und geht seiner Wege. Es hilft ihm beim Nachdenken, sagt er.
Tom wußte Bescheid in der Stadt. Er fuhr den Wagen durch schmale Seitengassen, die nur wenig belebt waren. Menschen traten aus den Häusern auf die Straße. Andere hockten vor ihren Wohnungen und hielten einen Schwatz mit dem Nachbarn. Weiter oben entdeckte Tom einen Parkplatz. Er stellte den Wagen ab, schaute sich kurz um und stieg aus.

- Komm, sagte er, ist nicht mehr weit.
Wir liefen vielleicht vierhundert Meter, bis Tom seinen Schritt verlangsamte. Er deutete auf eine Spelunke hundert Meter weiter. *Bar Americain* verkündete eine Neonreklame. Davor standen schicke Jugendliche in Gruppen zusammen. Sie tranken Bier oder Cocktails.

- Hier bin ich mit ihr verabredet, sagte Tom und lachte mich an. Du wirst weich, wenn du sie siehst.
Er strich sich durch die Haare und krempelte die Ärmel seine Hemdes hoch. Wir mußten uns durch die Typen vor der Bar drängeln, um reinzukommen. Drinnen war es nicht besser. Es roch nach Alkohol, Zigarettenrauch hing im Raum wie dreckige Wäsche. Die Bar wurde von einer Theke dominiert. Auf einer kleinen Tanzfläche wiegten sich die Kids. Der Discjockey spielte Eddie Cochrane`s *Summertime Blues*. Das stimmte mich besonders fröhlich und ich trat an die Bar, um zwei Drinks zu holen. Es dauerte nicht lange, aber als ich zurückkam, hing ein Mädchen an Toms Lippen. Ich hoffte, sie würde etwas von ihm übriglassen. Sie war hinreißend. Er hatte beide Hände um ihre schmale Taille gelegt und verlor sich in einem Kuß. Unendlich langsam lösten sie sich voneinander.
Den hat es erwischt, dachte ich und fühlte mich überflüssig mit meinen zwei Drinks. Als Tom seine Hände wieder frei hatte, gab ich ihm eins und bot mein Bier dem Mädchen an.

- Das ist Maria, sagte er. Und das ihre Schwester Sonja.
Er deutete auf ein Mädchen, das mir bis jetzt nicht aufgefallen war. Sie stand drei Schritte von Maria entfernt und kam bei dem Gespräch näher. Ihre Haare waren zu einem Pferdeschwanz gebunden. Sie hatte volle Lippen, dunkle Augen und war etwas kräftiger als ihre Schwester.

- Nicky, sagte ich. Hallo.
Beide lächelten mich an.

- Ich hole noch etwas zu trinken, sagte ich und fragte Sonja, was sie haben wolle.

- Einen Bloody Mary, bitte, sagte Sonja und brachte mich auf eine Idee. Bloody Mary mochte ich gerne, hatte es aber schon lange nicht mehr getrunken. Ich ging an die Bar und kam mit den Drinks zurück. Tom und Maria hatten sich in eine Ecke gedrückt und fielen übereinander her. Sonja lehnte an der Wand und schaute mich an.

- Gracias, sagte sie, als ich ihr den Bloody Mary reichte. Bist du ein Freund von Tom?

- Kann man so sagen. Ich bin gestern abend angekommen und habe Toms Großvater kennengelernt. Ich wohne jetzt bei ihnen.
Sonja warf mir einen prüfenden Blick zu.

- Maria hat mir erzählt, dass Tom ein kleines Haus in den Hügeln hat, sagte sie. Es hat einen Riesenkrach mit unseren Eltern gegeben, als sie zwei Tage nicht ins Hotel gekommen ist.

- Sie ist wohl auch zwei Tage nicht aus dem Bett gekommen, sagte ich und konnte mir ein Grinsen nicht verkneifen.

- Habe ich mir gedacht.
Sonja drehte sich zu ihrer Schwester um. Sie lag in Toms Arm und unterhielt sich leise mit ihm. Sein Becken drückte sich gegen ihres. Ich hätte sie jetzt nicht angesprochen. Sonja ließ es sich aber nicht nehmen. Sie redete auf Maria ein, Tom warf mir einen Blick zu. Ich konnte sein Glück nicht ertragen und verdrückte mich an die Bar. Da war es richtig voll, irgendwie schaffte ich es aber doch, mir Platz zu schaffen. Ich bestellte ein Bier. Und danach noch eines. Dann und wann drehte ich mich kurz um. Tom und Maria hatten ihre Position nur unwesentlich geändert, Sonja bewegte sich alleine auf der Tanzfläche. Sie hatte Feuer, jede ihrer Bewegungen war eine klare Aussage, ohne Wenn und Aber. Und ich war plötzlich melancholisch bis zum Anschlag. Um uns allen etwas Gutes zu tun, wünschte ich mir beim DJ *The first cut is the deepest* von Dawn Penn. Das erinnerte mich an etwas. Als er es spielte, hing ich über meinem vierten Bier und wußte, dass es nicht mein letztes sein würde.
Es geht nicht, hatte sie gesagt, direkt am Abend vor meiner spontanen Abreise. Ich hätte sie gerne verstanden, aber ich konnte nichts darauf erwidern, weil man Liebe nun einmal nicht

mit Argumenten gewinnen kann. Ich erinnere mich noch, wie ich sie zum Tanz forderte und zum Lachen brachte. Ich hatte immer versucht, sie zum Lachen zu bringen. Aber wenn ich dich will, hatte ich ihr zugeflüstert. Dabei lag ihre Hand in meiner, mit einem Finger strich sie mir durch die Haare. Dann hast du mich noch lange nicht, hatte sie geantwortet. Ich gab ihr einen Kuß, dann drehte ich mich um. Ciao, hatte sie leise gesagt. Das war vor drei Tagen gewesen. Jetzt saß ich in einer Bar an der Cote d'Azur und war drauf und dran, mich verdammtnochmal richtig zu betrinken. Es machte mir überhaupt nichts aus.

Die Leute um mich herum hatten auch nichts besseres vor. Ich fragte keinen nach dem Grund. Als ich vom Pissen wiederkam, wartete Tom auf mich.

    - Wir fahren etwas durch die Gegend, sagte er. Komm gleich mit den Mädchen raus, ich stehe dann mit einem Wagen vor der Tür. Ich nickte und trank mein Bier aus.

Die Nacht war sternenklar und mild. Ich atmete einmal tief durch und war irgendwie froh, nicht mehr an der Bar zu hängen. Maria und Sonja standen neben mir, in ihren kurzen Röcken und unterhielten sich auf Spanisch. Es ging um Tom. Er kreuzte in einem Citroen auf und öffnete die Beifahrertür von innen.

    - Schnell, sagte er und ich beeilte mich, Sonja auf die Rückbank zu schieben. Maria stieg vorne ein. Sie hatte kaum die Tür zugeschlagen, da fuhr Tom auch schon los. Die Reifen hätten nicht so quietschen müssen und auch die Ampel hätte er nicht bei Rot nehmen müssen, wenn es nach Sonja gegangen wäre. Aber ihre Schwester fand es toll und legte eine Hand auf Toms Oberschenkel.

    - Wieso hast du nicht den Porsche genommen, fragte ich ihn.

    - Da ist die Rückbank zu klein für zwei. Und der Citroen tut es auch wunderbar.

Ich lehnte mich in das Polster zurück. Nur Sonja hatte noch keine Ruhe gefunden. Wir fuhren die Küstenstraße Richtung Cannes. Es war kaum Verkehr, das Meer war ruhig. Ich genoß das Verlorensein in der Dunkelheit und dem geklauten Wagen. Mit niemandem hätte ich getauscht.

    - Das ist unser Hotel, sagte Sonja und deutete auf das *Ocean View*. Schnell lag es hinter uns, sie entspannte sich langsam.

    - Du warst eben nicht sehr höflich, sagte sie zu mir.

- Ich weiß, sagte ich und bot ihr eine Gauloises an.
Ihre braunen Augen leuchteten, als ich ihr Feuer gab. Maria und
Tom wollten auch eine. Das Glimmen der Kippe erhellte ihre
Gesichter. Sie sahen glücklich aus. Nach einigen Kilometern
wurde Tom langsamer und bog in einen Seitenweg ein. Er führte
zu einem kleinen Strand, der von Felsen begrenzt wurde. Tom
stellte den Wagen am Straßenrand ab und stieg aus. Wir folgten
ihm einen Pfad hinunter zum Meer. Die Bucht war schmal,
vielleicht zweihundert Meter breit. So genau war es in der Nacht
nicht zu erkennen.

- Ein schöner Platz, sagte ich und setzte mich neben
Tom. Er nickte.

- Ich habe ihn *Bucht der Hunde* genannte. Dann nahm er
Maria in den Arm und küßte sie leidenschaftlich. Sonja war zum
Wasser gegangen und hatte die Sandalen ausgezogen. Ich legte
mich hin und warf einen Blick in den Himmel. Er gab mir kein
Zeichen, aber das war auch egal. Ich rappelte mich auf und ging
zu Sonja. Sie hatte ihre Füße im Sand vergraben und drehte nicht
den Kopf, als ich mich neben sie setzte.

- Es dauert noch etwas bis zur Morgendämmerung,
sagte ich. Dann wechselt das Meer seine Farbe, hat Serge mir
erzählt. Ich will es heute unbedingt sehen.
Sonja schaute mich an.

- Wie meinst du das, fragte sie.

- Jetzt ist es grün, aber es wird wieder blau. Jedenfalls
sagt er das.

- Und wer ist Serge?

- Toms Großvater. Ich habe ihn am Strand
kennengelernt, als ich gerade ankam. Er schläft manchmal dort.
Sie wandte den Kopf ab. Unendlich langsam, so, als sei sie mit
ihren Gedanken meilenweit entfernt. Sie zitterte leicht und ich
konnte nicht anders, als sie in den Arm zu nehmen.

- Frierst du, fragte ich.

- Ein wenig, sagte sie.
Ich lauschte in die Stille und konnte hören, wie Tom und Maria
sich liebten. Die störenden Klamotten lagen verstreut um sie
herum. Sie sprachen leise miteinander. Ich betrachtete Sonjas
Körper, ihre Haut, ihre Haare. Ich fand alles sehr reizvoll. Um
ehrlich zu sein sogar schöner, als mir im Moment lieb war.

- Warum klaut Tom die Autos, fragte sie und fröstelte dabei.

- Weil er keins hat. Ich drückte sie an mich, damit das Zittern aufhörte.

- Das gibt ihm nicht das Recht, welche zu klauen.

- Nein, sagte ich, das Recht nicht. Aber für mich sind diese Kids in Wahrheit sehr phantasievoll. Autoknacken ist in gewisser Weise eine kreative Tat. Da gehört Verstand zu. Sie gehen nur einen Schritt weiter als erlaubt. Und wissen vielleicht sogar, was sie tun.

- Wie meinst du das, fragte Sonja.

- Tom nimmt sich den Reichtum, mit dem die Reichen protzen. Dies ist die Goldküste. Hier gibt es die teuersten Wagen. Und hier gibt es so viele reiche Kinder, die auch nicht selbst dafür bezahlt haben.

- Und wenn sie ihn erwischen, fragte Sonja.

- Dann sehen wir weiter, sagte ich und ließ mich rückwärts in den Sand fallen.

Sie hatte recht. Früher oder später würden sie Tom packen. Und meine Argumentation würde ihm dann nicht weiterhelfen.

Sonja legte sich zu mir. Ich nahm sie in den Arm. Sie war weich, ihre Hand auf meiner Brust tat mir gut.

- Tom ist ein Straßenköter, sagte ich, schau ihn dir doch an.

- Ja, sagte sie, und ich schätze mal, du bist auch einer.

Fünf

Als ich aufwachte, war es schon früher Morgen. Die Sonne bereitete am Horizont ihren Aufstieg vor. Nachdem ich Sonjas Kopf vorsichtig von meiner Brust genommen hatte, richtete ich mich auf. Bestimmt zehn Hunde lagen in einem Halbkreis um uns herum und schliefen. Einer blinzelte mich aus den Augenwinkeln an, fand es aber wohl nicht wert, sich zu erheben. Langsam ahnte ich, warum Tom die Bucht *Hundestrand* genannt hatte. Und wußte damit auch, dass er nicht die erste Nacht hier verbracht hatte. Ich warf einen Blick zu seinem Platz hinüber. Er war leer, nicht ein Fetzen lag mehr da. Scheiße, dachte ich und stand auf. Zwei der Köter schauten mich an. Beim besten Willen konnte ich ihre Rasse nicht bestimmen. Aber groß waren sie. Ich suchte mit den Augen den Strand ab. Kein Tom, keine Maria. Der Wagen war auch weg.

Ist nicht schön, dachte ich und setzte mich wieder. Zu allem Überfluß hatte ich auch noch die Morgendämmerung verpaßt. Das Meer war wieder blau. Vorsichtig nahm ich Sonjas Kopf aus dem Sand, dabei wachte sie auf. Müde seufzte sie und streckte die Arme aus. Einer von den Hunden, er hatte schwarzes, struppiges Fell und lange Ohren, mochte das wohl nicht und fing an zu bellen. Die anderen machten mit. Plötzlich war Sonja hellwach und schaute in die Schnauzen von zehn bellenden Pinschern. Verschreckt blickte sie mich an.

 - Das ist Frank Sinatra, sagte ich und versuchte, die beiden einander vorzustellen.

 - Und der dahinter ist sein Kumpel Dean Martin.

Sonja fand es nicht witzig. Ob Frankieboy ihr Freund sein wollte, konnte niemand mit Bestimmtheit sage, er bellte jedenfalls weiter. Ich stand auf und hätte ihm auch in den Arsch getreten. Aber er und die anderen zogen es vor, sich einige Meter weiter wieder auszustrecken.

 - Soviel zu Straßenkötern, sagte sie.

 - Genau. Der andere hat sich schon verdrückt. Mit deiner Schwester.

Sonja schaute sich auf dem verlassenen Strand um.

 - Schöne Scheiße, sagte sie.

Plötzlich zog sie sich aus und lief ins Wasser. Ich fand, sie hätte es nicht tun sollen. Wir hatten nichts zum Abtrocknen dabei. Und naß in die Klamotten stellte ich mir nicht angenehm vor. Ich beobachtete, wie sie bestimmt zweihundert Meter hinausschwamm und dann wendete. Sonja schien eine gute Schwimmerin zu sein. Ich schaute genau hin, als sie zurückkam. Ihre Schenkel waren muskulös, sie hatte einen hinreißenden Oberkörper und ihr Busen war etwa eine Handvoll.

    - Jetzt bin ich wach, sagte sie. Wasser tropfte ihr von den langen Haaren ins Gesicht.

    - Ich hätte dir gerne Blumen gebracht, war das einzige, was mir dazu einfiel. Sie schaute etwas verwundert, sagte aber nichts.

Tom und Maria hatten uns hier sitzengelassen. Warum, das würde er mir sicherlich noch erklären. Der Wagen war weg. Auch wenn ich ihn hätte kurzschließen können; am Tag mit der geklauten Kiste zu fahren fand ich nicht ratsam. Zumal ich mich hier schlecht auskannte. Sonja und mir blieb nichts anderes übrig, als nach Nizza zu trampen. Es war nicht wirklich weit. Vielleicht fünfzehn Kilometer. Mit Sonja war es kein Problem, einen Wagen anzuhalten. Obwohl noch früh am Morgen, warteten wir nur wenige Minuten, bis uns ein Franzose mitnahm. Die große Uhr an der Straße zeigte kurz vor sieben. Ich wurde wieder müde. Sonja bat den Fahrer, vor dem *Ocean View* zu halten.
Sie hinterließ eine nasse Stelle auf dem Polster. Ich stieg mit aus und brachte sie bis zum Eingang des Hotels.

    - Schlaf gut, sagte ich und strich ihr zaghaft über den Arm.
Sie küßte mich auf die rechte Wange

    - Du aber auch.

Der Tag in Nizza hatte gerade begonnen. Der gefangene Fisch war eingebracht und wurde auf dem Markt verkauft. Am Hafen herrschte Betrieb. Die feinen Yachten dümpelten vor sich hin und blitzten in der Morgensonne. Ich hoffte, dass die Casba schon geöffnet hatte. Als ich um die Ecke bog, war die Markise ausgefahren, ein Tisch mit zwei Stühlen stand draußen. Ich kam näher und konnte Nadim auf einem der Stühle erkennen.

    - Hallo, sagte er, als ich mich zu ihm setzte.

- Wie sieht's aus?

- Ich glaube, ich habe mich schon verdammt gut eingelebt. Es ist wunderbar bei Serge.

Nadim verschwand in der Casba und kam kurz darauf mit zwei starken Kaffee wieder.

- Und, Tom schon kennengelernt?

- Ja, sagte ich, war gestern mit ihm aus und heute morgen war er schon wieder weg. Ich mußte trampen. Nadim lachte.

- Er ist wild. Der einzige der ihn einfangen kann ist Serge.

Bewunderung für die beiden schwang in seiner Stimme mit.

- Und die beiden halten verdammtnochmal zusammen. Wie es sich gehört. Er nahm sich eine Gauloises und bot mir auch eine an.

- Wo sind eigentlich seine Eltern, fragte ich.

Nadim zögerte eine Sekunde. Er gab mir Feuer.

- Die sind bei einem Autounfall umgekommen. Der Kleine war drei Jahre alt. Einfach über die Klippen gestürzt. Bis heute weiß niemand, wie es geschah.

Ich schwieg und trank den Kaffee in einem Zug. Die Wirkung tat gut. Ich fühlte meinen Kreislauf anspringen und war endlich bereit für einen neuen Tag.

- Eine tragische Geschichte, sagte Nadim versonnen, aber Serge redet nicht darüber. Er hat es damals hingenommen wie eine Naturkatastrophe. Ohne zu Klagen hat er das Richtige getan.

Nadim kam ins Erzählen. Es war beeindruckend, mit welcher Inbrunst er über seinen Freund sprach. Er schien alles über Serge zu wissen und ich hatte selten gehört, dass einer etwas Richtiges getan hatte.

- Sie sind Iren, sagte Nadim.

- Weißt du, wie die Iren sich selber nennen? Er wartete keine Antwort ab.

- Harps'n Donkeys, Harfen und Esel.

Er verschwand wieder in der Casba. Es waren einige Fischer und Hafenarbeiter gekommen, denen er Kaffee und Pastis brachte. Die Menschen auf der Straße liefen an mir vorbei, nur manche ließen sich Zeit und genossen die Sonnenstrahlen. Ich blickte auf das Meer und schaute zu, wie Boote vom Hafen ablegten. Ich entdeckte ein Loch in meinem Hemd und grübelte, wie ich mir das aufgerissen hatte. Als Nadim zurückkkam, brachte er mir einen weiteren Kaffee und ein Croissant mit. Ich dankte ihm.

- Irgendwie erinnerst du mich an seinen Jungen, mit dem Serge hier vor etwa 15 Jahren aufgetaucht ist, sagte er und putzte mit einem Lappen über den Tisch.

- Muß so etwa dein Alter sein. Ich schaute ihn gespannt an.

- Neal, sein Sohn.

- Was ist mit ihm passiert, fragte ich.

- Eines Tages ist er verschwunden, einfach weggegangen mit einer jungen Amerikanerin. Manchmal bekommt Serge Briefe von ihm aus den Staaten.

- Und er ist nie zurückgekommen, fragte ich ihn.

- Nein, sagte Nadim, aber er wird, denn alles kommt irgendwann zurück.

Bei Nadims Erzählungen wurden mir langsam einige Sachen klarer. Ich fühlte mich wohl dabei. Es war eine Familie, die ihr Band weit gespannt hatte. Ich war glücklich, in ihrer Mitte zu sein. Ich zahlte. Als ich ging, winkte mir Nadim hinterher.

Sechs

Nichts ist wie vorher, dachte Tom und fühlte die Schweißperlen
auf ihrem nackten Rücken. Ihre Augen glänzten. Er küßte sie
zärtlich auf den Hals, sie wand sich in seinem Arm und kam Tom
entgegen, als er wieder in sie eindrang. Er liebte es, wenn sie leise
Schreie ausstieß. Er hätte sein Leben für eine Zukunft
hingegeben, und noch mehr. Tom strich ihr durch die Haare, als
sie erschöpft neben ihm lag und Sand von ihren Beinen rieselte.
Die Nacht ging in den Tag über, streunende Hunde
versammelten sich am Strand.
Du bist so schön, sagte er zu Maria, zu mehr war er nicht fähig.
Wir sind wilder als die anderen, sagte sie. Tom war es nie so klar
gewesen wie in diesem Moment. Sie sahen den Sonnenaufgang
und lauschten in die Stille. Plötzlich erfaßte ihn eine innere
Unruhe. Er schaute Maria an und hätte sie zu gerne gefragt, was
sie mit ihm anstellt. Es ist nicht so, dass er sich vor der Nähe
fürchtete. Tom kannte sie nur nicht. Nicht bei einem Mädchen.
Er atmete tief durch, dann richtete er sich auf. Maria schaute ihn
fragend an. Ihre Hand glitt über sein Gesicht. Gehen wir, sagte
Tom. Bitte. Sie fand ihn traurig. Er fand sie mehr als hinreißend.
Was wird aus meiner Schwester, fragte sie. Tom hatte die anderen
fast vergessen. Er sah die beiden schlafend am Strand. Sonja lag
mit ihrem Kopf auf Nickys Brust. Der Wind wehte über ihre
Kleider. Er fand, sie gäben ein schönes Bild ab. Nicky wird sie ins
Hotel bringen, sagte er fest. Ja, antwortete Maria und glaubte ihm.
Als sie aufstand, war Tom schon zwei Meter weg. Sie griff nach
seiner Hand, er hatte es sich so sehr gewünscht. Mehr als ihm lieb
war.

Es dauerte etwas, bis Tom den Wagen auf dem schmalen
Sandweg gewendet hatte. Es war ihm recht, dann mußte er nicht
sprechen. Er fluchte und es half ihm aus seiner Verlegenheit.
Maria lehnte sich zurück, sie gähnte. Bis jetzt war sie immer in
ihrem Bett aufgewacht. Sie fand ihr Leben langweilig, ihre Eltern
waren reich aber die Angst war mit ihnen. Von Freiheit immer
nur zu Träumen hatte sie genug. Maria wußte nicht einmal, wie
man eine Träne richtig vergießt. Sie kannte die Sehnsucht, mehr
nicht. Als Tom das Auto auf die Straße fuhr, hoffte sie, er würde

erst am Ende der Welt anhalten. Oder ihr mindestens die weißen Pferde zeigen.

Einen wie ihn hatte sie vorher noch nie gesehen. So verletzlich, so kompromißlos, so ganz anders. Wenn sie ihn hätte beschreiben müssen, er wäre einem Filmstar gleichgekommen.

Tom schlug den Weg in Richtung Grasse ein, die Stadt des Duftes. Sie liegt inmitten von Lavendelfeldern und aus den Pflanzen machen sie Parfüm. An Mädchen liebte er den Geruch von Unbekümmertheit. Maria war so ein Mädchen. Aber gefährlicher als ihre Unbekümmertheit war für in ihre Ehrlichkeit. Tom war entschlossen es mit ihr aufzunehmen. Sie würde ihm das Herz brechen und er ihr auch. Mehr kann man von seiner ersten großen Liebe nicht verlangen.

Der Morgen war jetzt schon ganz da. Tom wußte, dass er den Wagen schnell loswerden mußte. Vielleicht war der Citroen bei der Polizei schon als gestohlen gemeldet. Und mit Maria im Wagen hatte er keine Lust auf eine Verfolgungsjagd mit den Flics. Schon einmal war er nur ganz knapp davongekommen, weil er den Wagen blitzschnell in eine Hofeinfahrt gelenkt hatte und über eine angrenzende Mauer getürmt war. Er war risikobereiter und kannte die Gegend weit besser als die Bullen. Aber mit Maria konnte er sich das nicht leisten. Es hätte ihr nur Ärger eingehandelt.

Vor allem ihre Eltern waren dann über den Umgang ihrer Tochter nicht gerade begeistert. Tom überlegte, ob sie an ihm wohl den Geruch armer Leute mochte. Er war mehr als einer Tochter aus reichem Hause begegnet, die auf Underdogs stand und einen Kitzel dabei verspürte, mit leeren Taschen herumzulaufen. Aber er verwarf den Gedanken. Maria gab ihm ein anderes Gefühl und es kam aus einer ganz anderen Gegend des Körpers als bei den anderen.

Wir sollten einen Kaffee trinken, sagte Tom zu ihr, als sie durch die erwachenden Straßen von Grasse fuhren. Ich könnte auch zwei vertragen, sagte Maria und rieb sich ihre Augen. Sie hatten tiefe Ränder, die einen Hauch von frischem Sex in ihr Gesicht malten. Tom steuerte ein Café an, von dem er wußte, dass es nicht teuer war. Er stellte den Wagen ein paar Meter vom Eingang enfernt ab. Und er wußte auch, das Café hat einen Hinterausgang. Sie stiegen aus und Maria lachte laut auf, als sie auf das Café zugingen. Sie drehte sich einmal um sich selbst und gab Tom dann überraschend einen Kuß auf den Mund. Er schlenderte weiter, ganz sicher, dass er die Situation genoß. In der Bar suchten sie sich einen Tisch ganz hinten, im Schatten eines weißen Klaviers. Tom bestellte zwei Milchkaffee und ein großes Glas Wasser. Sie waren allein in der Bar. In der Ecke stand ein Billardtisch. Die grüne Bespannung war an einigen Stellen aufgerissen. Ein Mädchen bediente, sie stellte Stühle und Tische nach draußen. Maria wollte etwas essen. Sie ließ sich ein Croissant bringen.

Wir haben noch knapp zwei Wochen, sagte sie. Tom nickte nur mit dem Kopf und trank einen Schluck aus seiner Tasse. Er stützte seinen Kopf in die Hand. Das machte er immer, wenn er wußte, dass Worte nicht mehr weiterhelfen. Maria schaute ihn an. Plötzlich sah sie älter aus als sie war. Zum erstenmal in ihrem Leben spürte sie, dass man nicht ewig Zeit hat. Tom schob seine Hand in ihre. Wir werden kämpfen müssen, sagte er und strich ihr mit der anderen Hand über die Wange. Ja, sagte sie, ein seltsames Lächeln spielte um ihre Lippen. Tom machte es ihr nach. Er hatte seine Gewißheit zurückgewonnen.

Das Mädchen hatte ihnen gerade einen zweiten Milchkaffee gebracht, da betraten zwei Typen die Bar. Tom roch zehn Meilen gegen den Wind, dass sie nicht astrein waren. Bullen können sich nun einmal schlecht verkleiden, dachte er sich und ließ den Zündschlüssel des Citroens leise in den Milchkaffee fallen. Maria warf ihm einen erstaunten Blick zu. Tom legte nur für eine Sekunde den Finger auf seine Lippen. Maria sah die beiden Kerle in Zivil. Sie verstand sofort.
Einer der Typen ging zu dem Mädchen hinter der Bar und fragte sie etwas, Tom konnte es nicht verstehen. Der andere blieb an der Tür stehen und warf dann und wann einen Blick nach draußen.
Die beiden sind die ersten Gäste, sagte das Mädchen laut zu dem Bullen. Und ein Wagen sei ihr nicht aufgefallen, ergänzte sie. Tom blickte zärtlich zu Maria. Sie sah ihn an und ihre Gesichtzüge enspannten sich langsam. Ein Leuchten trat in ihre Augen. Sie fand es aufregend, und jetzt wurde die Geschichte mit dem geklauten Auto erst so richtig cool. Der Bulle steuerte auf

ihren Tisch zu. Mit ausgreifenden Schritten maß er den Raum. Sein Kollege blieb an der Tür und verzog keine Miene. Tom hob den Kopf. Sein Gesicht war voller vertrauenswürdiger Unschuld. Er hätte einen guten Pokerspieler abgegeben.

Guten Tag, sagte der Kerl und nickte Tom und Maria zu. Mit den Händen stützte er sich auf ihrem Tisch auf. Ein Gorilla hätte keine bessere Figur abgegeben. Das Holz knarrte kaum merklich. Haben sie zufällig jemanden gesehen, der mit dem Citroen dort draußen gekommen ist, fragte er. Tom sah ihn an. Welchen Citroen, fragte er.

Dort draußen, sagte der Bulle wieder und deutete zur Tür. Keine Ahnung, antwortete Tom und steckte sich eine Gauloises an, wir sind schon über eine Stunde hier. Der Bulle warf ihm einen prüfenden Blick zu. Seine Augen waren grün und eiskalt. Dann nahm er die Hände vom Tisch und bedankte sich für die Auskunft. Selbstverständlich, sagte Tom. Keine Ursache, ergänzte Maria. Als sie weg waren, fischte Tom die Schlüssel aus dem Milchkaffee und ging auf's Klo. Das ging diesmal aber schnell, sagte Tom zu ihr, als er zurückkam. In der Regel sind sie nicht so tüchtig. Manchmal steht so eine Karre noch eine ganze Woche irgendwo herum. Als sie das Café verließen, sahen sie noch, wie der Schlitten an einem Abschleppwagen hing.

Sieben

Serge war noch nicht wach, als ich ins Haus kam. Auch Tom war nirgendwo zu entdecken, aber ich hatte auch nicht mit ihm gerechnet. Ich machte mir einen Kaffee und streckte die Beine unter dem Tisch aus. Die Küche war unaufgeräumt. Zwei leere Flaschen Wein lagen zu meinen Füßen. Eine weitere stand angebrochen neben der Spüle. Es sah so aus, als hätte Serge mit sich allein gefeiert. Ich schlug eine Fliege tot, die sich ganz dreist auf meinen Arm gesetzt hatte. Sie zappelte noch ein wenig. Ich mußte an die letzte Nacht denken. An den Morgen und die letzten zwei Tage. Plötzlich war mein Herz so voll, wo es noch wenige Tage vorher so leer gewesen war. Und das, obwohl ich verliebt war. Oder es zumindest glaubte. Ich holte den Brief aus dem Wagen und riß ihn auf. Es waren nur einige Zeilen, die ich ihr geschrieben hatte. Irgendwo auf einer Autobahnraste. Zwischen Heißwürstchen und Bierflaschen. Mein Puls hatte gebebt. Jetzt las ich die Worte, sie kamen mir nur noch blöd vor.

> *Liebe Manuela,*
> *ich habe nicht gewußt,*
> *dass man immer mehr Mut aufbringen muß,*
> *je älter man wird.*
> *Du hast es mir sehr deutlich gezeigt.*
>
> *Nicky*

Ich zerknüllte das Papier mit einer Hand. Nicht einmal das war es noch wert. Und viele Worte machen dumm. Immerhin landete das Knäuel mit einem gezielten Wurf im Müll.

Serge trat in die Küche und setzte sich zu mir. Er sah verschlafen aus und torkelte leicht. Seine grauen Haare hingen ihm wirr um den Kopf. Er gähnte und kratzte sich an der Brust. Ich kochte ihm einen Kaffee. Den konnte er verdammt gebrauchen.

    - Hast du die Flaschen hier allein niedergemacht, fragte ich ihn.

Er nickte und pustete in seinen Kaffee. Mit dem Fuß trat er gegen eine der leeren Flaschen. Sie kullerte gegen den Schrank. Dann stand er auf und holte Butter und etwas Brot.

- Wo ist Tom, fragte Serge, ohne mich dabei anzublicken.

- Wüßte ich auch gerne, sagte ich.

- Heute morgen war er nicht mehr da. Er muß heute Nacht einfach abgehauen sein.

Ich erzählte Serge die ganze Geschichte. Wieder nickte er nur und seine Augen ließen diesen zauberhaften Glanz vermissen, der sonst in ihnen lag. Ich schrieb es dem Alkohol zu. Er stand auf und räumte das Frühstück weg. Dann legte er seine Hand auf meine Schulter und blieb kurz hinter mir stehen. Irgendwie wußte ich diese Geste zu schätzen.

- Ich kann ihn gut verstehen, sagte Serge und setzte sich wieder an den Tisch, aber es macht mich traurig, wenn ich daran denke, was er noch alles durchstehen muß.

- Sprichst du vom Leben, sagte ich und wollte es wie einen Scherz klingen lassen.

- In meinem Alter kann ich mir das erlauben, sagte er.

Ich legte mich in mein Bett. Nach dieser Nacht taten mir einige Stunden Ruhe sehr gut. Unten in der Küche rumorte Serge. Geschirr klapperte und die Verandatür schlug hin und wieder ins Schloß. Der Schlaf fiel über mich her wie ein Rudel Wölfe. Als ich aufwachte, ging es mir besser.

Die späte Nachmittagssonne schien durch das Fenster. Schatten spielten auf dem Boden. Staub tanzte im Lichtkegel. Ich warf das dünne Laken von mir und stand auf. Im Bad schaute ich in den Spiegel und beschloß, mich zu rasieren. Das Wasser lief schlecht ab. Zu allem Überfluß schnitt ich mir auch noch ins Kinn.

Tom saß am Tisch und las in einem Buch. Er blickte kurz auf, als ich in die Küche trat. Dann vertiefte er sich wieder in seine Lektüre. Ich griff mir eine Flasche Weißwein aus dem Kühlschrank und holte zwei Gläser. Ich goß beide voll und stellte Tom sein Glas hin. Dann ging ich auf die Veranda. Serge lag in seinem Schaukelstuhl und döste. Ich setzte mich auf die Stufen. Ein Nachmittag voller Sorglosigkeit und Geduld. Das Leben ist schön, dachte ich und spuckte aus. Kondenswasser perlte an meinem Glas herab. Serge schnarchte kurz und laut. Tom brachte die Flasche Wein nach draußen und goß mir noch ein.

- Ich konnte nicht auf dich warten, sagte er und trank einen Schluck aus der Flasche.

Ich bot ihm eine Gauloises an.

- Ich hielt es nicht mehr aus. Ich mußte mich bewegen. Und ich wollte euch nicht stören. Ihr saht so schön aus.

Um seine Lippen spielte dieses Lächeln, unmöglich, ihm böse zu sein.

- Wir haben's nicht nötig, uns was zu erklären, sagte ich. Mein Glas war schon wieder leer.

- Sie macht mich richtig fertig, kannst du das verstehen, sagte er. Am meisten macht mich fertig, dass sie nur noch knapp zwei Wochen hier ist.

- Und dann, fragte ich ihn.

- Dann weiß ich auch nicht.

Wir tranken schweigend weiter. Tom ging in den Keller und holte eine neue Flasche. Der Korken ploppte vielversprechend. Ein Hauch von Unausweichlichkeit hing in der Luft. Serge beobachtete uns aus den Augenwinkeln. Seine Füße wippten zu einem Takt, den nur er hören konnte. Er schien mit seinen Gedanken weit weg und hatte trotzdem ein Auge auf uns. Wie ein schlafender Wachhund, mit allen Sinnesorganen auf Empfang.

- Ich brauche Geld, sagte Tom. Aber er sprach wie zu sich selbst.

- Ich nicht, sagte ich, zum erstenmal seit langem denke ich keine Sekunde mehr darüber nach.

Ich beteiligte mich an den Kosten für das Essen, sonst war dies hier ein Platz, an dem man fast kein Geld brauchte.

- Soll ich dir etwas geben, fragte ich ihn.

- Ich spreche von Geld, nicht von ein paar Kröten, sagte Tom.

Er fluchte. Wie zur Bekräftigung schlug er mit der Faust auf die Holzplanken. Blut färbte die Haut seiner Knöchel.

Motorengeräusch störte unsere Ruhe. Wir hörten einen Wagen den schmalen Weg heraufkommen. Ein Taxi fuhr auf den Hof. Tom lief darauf zu und umarmte sein Mädchen, noch ehe sie ganz ausgestiegen war. Ich schaute mir alles aus der Distanz an, außerdem war ich auch schon reichlich angeschickert. Serge rührte sich ebenfalls keinen Zentimeter vom Fleck. Interessiert beobachtete er die Szene. Tom steuerte mit Maria auf die Veranda zu.

- Das ist Maria, sagte er zu Serge und berührte sie flüchtig am Arm.
- Mein Großvater Serge.
Er gab sich Mühe, die Vorstellungsprozedur halbwegs elegant hinzulegen. Serge nickte ihr zu.
- Sei willkommen in unserem Haus, sagte er und stand auf, um ihr die Hand zu geben.
- Ich habe schon von dir gehört.
- Aber nur Gutes, sagte Tom.
Er strich Maria über den Rücken. Serge ging ohne ein Wort ins Haus. Wenig später kam er mit zwei Gläsern zurück und füllte sie mit Wein. Eines reichte er Maria. Dann ließ er sich wieder in seinen Schaukelstuhl fallen. Scheinbar war die Sache für ihn erledigt. Aber ich wette, Tom hatte vorher noch nie einen Gedanken daran verschwendet, eines seiner Mädchen Serge vorzustellen. Ich warf einen Blick in die Küche. Sie saßen am Tisch und unterhielten sich leise. Die Ruhe, durch Marias Kommen unterbrochen, breitete sich wieder über dem Haus aus. Ich schüttete unsere Gläser nochmal voll. Wir tranken. Langsam wurde es Abend.
- Sieh dir an, wie rot die Sonne heute ins Meer fällt, sagte Serge.
Ich war etwas zur Seite gekippt. Mein Kopf schmiegte sich kurz an einen Pfosten, fand aber keinen richtigen Halt. Ich streckte mich auf dem Boden aus. Die Holzplanken waren warm und alles war schön. Leise summte ich eine kleine Melodie. Es gibt Momente des Glücks, in denen dir jemand beide Hände reicht.
- Wir essen in einer halben Stunde, hörte ich Tom rufen.
Auf Serges Gesicht lag ein entrücktes Lächeln. Noch immer saß er in seinem Schaukelstuhl und nippte an seinem Wein. Die Zeit stand still. Unser Geist zeigte uns längst vergangene Bilder.
- Ich habe immer versucht, Verluste als eine Wegweisung zu betrachten, sagte er, wie aus einem unendlichen Zusammenhang gerissen.
- Ich bin wirklich groß im Verlieren. Und jedesmal ein Stückchen weitergekommen auf diesem verschlungenen Pfad.
- Wie kommst du denn jetzt eigentlich auf das Thema, fragte ich ihn.
- Weil Tom dabei ist wegzugehen, sagte Serge und langte nach seinem Glas, das er auf dem Boden abgestellt hatte.

- Aber morgen werden wir mal gewinnen. Er schloß seine Augen.

- Das Essen ist fertig, rief Tom aus der Küche. Ein zarter Duft gebratenen Huhns schwebte vorbei. Ich merkte erst jetzt, dass ich den ganzen Tag noch nichts gegessen hatte.

Acht

Ich gebe zu, ich war aufgeregt, als wir in die Stadt rauschten. Tom dagegen blickte gelangweilt aus dem Fenster. Er war nur unter Protest mitgekommen. Du wirst alles verspielen, hatte er Serge noch beim Frühstück gewarnt, der jetzt in einem eleganten, aber altmodischen Anzug auf dem Beifahrersitz saß. Es ist schließlich mein Geld, hatte Serge geantwortet, dein Geld verspielst du doch auch nach deinen Regeln.

Monte Carlos Prachtbauten schimmerten müde in der untergehenden Sonne. Die Straßen füllten sich mit Menschen, die wie Tennisspieler gekleidet waren. Fotoapparate waren in Scharen unterwegs, japanische Mischkonzerne hätten an diesem Bild ihre Freude gehabt. Ich konnte mir den Flair dieses mediterranen Babylon nur schwer erklären. Vielleicht ist es ihre wohlige Dekadenz. Vielleicht auch nur die Sonne, die noch immer heller scheint als das viele Geld. Jeden Tag für jeden neu.

Ich mußte laut hupen, weil eine Triefnase in einem fetten Mercedes die Straße versperrte.

    - Was macht der Schwachkopf da, fragte Tom von hinten.

    - Ich glaube, sein Köter hält es nicht mehr aus, antwortete Serge, der pisst gerade an den Reifen.

Ich fand einen günstigen Moment zum Überholen. Es gibt Augenblicke, da möchte man einfach nur demütig seinen Kopf in den Schoß einer Frau legen.

Das Casino war nicht schwer zu finden. Es liegt direkt oberhalb des Meeres und wer etwas herumstromert, gewinnt einen netten Blick auf den Hafen und vielleicht auch einen Luxusliner. Serge steuerte sofort auf den Eingang zu. Es schien, als habe er keine Sekunde zu verlieren. Tom und ich folgten ihm, mit einem Schritt Abstand. Nur die Portiers konnten sein Tempo bremsen, oder versuchten es zumindest. Sofort war Tom an seiner Seite. Er genoß den mißbilligenden Blick des livrierten Sacks und Serge fragte mit diesem frechen, vom Alter geschärften Unterton, den ich an ihm nicht kannte.

    - Wo bitte befindet sich die Bank?

Er zog einen ganzen Batzen Geld aus seiner Tasche. Es schien ein gutes Argument zu sein, denn die beiden Wächter deuteten höflich den Weg. Eine Spur von Resignation schwamm in ihren leeren Augen. Die Welt war für sie kein Wunder mehr.

- Wieviel willst du tauschen, fragte ich Serge, als wir durch die Vorhalle schritten.

- Ich habe etwas geblufft, sagte er. Ich habe nur etwa 3000 Franc dabei. Tom ließ ein leises Knurren vernehmen. Für ihn war die ganze Geschichte ausgemachter Quatsch. Und davon ging er auch jetzt nicht ab. Die drei Roulettetische waren erst knapp besetzt, denn es war noch früher Abend. Hinten rechts war noch am meisten los, aber Serge steuerte den mittleren der Tische an. Tom und ich gingen auf geradem Weg zur Bar und ließen uns einen Drink geben.

- Halt dich bereit, sollte er einen Krawall anfangen, flüsterte Tom mir zu. Ich lachte in mich hinein. Über uns schaufelte ein Ventilator die Luft durch den Raum.

- Hör mal, Tom, er ist fast siebzig, sagte ich.

- Und das kratzt ihn überhaupt nicht, antwortete er. Ein Lächeln spielte um seine Mundwinkel und ich wußte, er ist stolz. Ein Stolz den nur einer kennt, der weiß, dass er nicht ganz allein ist.

Serge stapelte seine Chips und betrachtete die anderen Spieler am Tisch. Zwei junge Mädchen standen ihm gegenüber und kicherten. Sie schienen Amerikanerinnen zu sein, denen Papa ein kleines Vermögen gegeben hatte, die Schöpfung eine atemberaubende Figur - und so hatten sie im Überfluß. Neben ihnen stand ein großgewachsener Japaner, der aber nicht sehr glücklich aussah. Selbst seine einigermaßen geschmacklose Krawatte machte den Eindruck, als würde sie ihn am liebsten meucheln. Eine alte Dame pfefferte Jetons auf den grünen Filz. Sie ging auf's Ganze und hatte gerade ein feines Sümmchen eingestrichen. Davon würde sie sich ein ganzes Jahr lang ihren Friseur leisten können. Und Farbe, viel Farbe.
Serge ließ alles völlig unbeeindruckt. Er taxierte die Felder, setzte und verlor. Tom schlug die Hand vor die Augen.

- Ich schätze, sagte er, in einer halben Stunde sind wir hier wieder raus.

- Warte es doch einfach ab, antwortete ich und bestellte noch zwei Drinks.

- Dass du mit ehrlicher Arbeit nicht an das große Geld kommst, sagte er und trank einen Schluck, ist klar. Aber wie Serge es versucht, hat es wohl auch keinen Sinn.

Ich suchte Serges Blick, der gerade wieder gesetzt hatte. Diesmal auf Rot. Er lächelte mir zu, seine Lippen bildeten Worte, die ich nur ahnen konnte. Keine Sorge, schien er zu sagen, obwohl die Runde wieder danebenging. Bestimmt hatte er schon 1000 Franc verloren.

- Ist es viel Geld für euch, fragte ich Tom.

Er zögerte. Nachdenklich legte sich seine Stirn in Falten, sein Mund war halb geöffnet, ein Pfeiflaut drang aus seiner Lunge.

- Nein, antwortete er, es ist sogar für den Hauch einer Chance viel zu wenig.

Als ob Serge seinen Enkel gehört hätte, setzte er eine Viererkombination und ich spürte Toms Herz schlagen. Die Kugel drehte ihre Runden, ich trat von hinten an Serge heran und stellte ein Bier vor ihn.

- Warte, sagte er, seinen Blick nicht von der Kugel nehmend. Sie machte einen letzten Sprung und landete auf der 16. Serge ballte die Faust, seine Adern traten hervor. Aber er gab nicht die Andeutung eines Lautes von sich. Wie selbstverständlich ließ er sich den 8fachen Gewinn rüberschieben. Toms Miene hellte sich etwas auf.

- Es ist nur gut für mein Selbstbewußtsein, sagte Serge und stapelte die Jetons in kleine Türmchen. Ich werde es nochmal versuchen.

- Auch wenn du verlierst, siehst du noch wie ein Sieger aus, sagte ich.

Zwei Männer standen neben Tom an der Bar. Sie bestellten Champagner und beobachteten uns. Beide waren so der Typ neureicher Abzocker. Der Anzug etwas zu lässig, die Creole im Ohr etwas zu golden. Der eine hatte schwarze Haare und dort, wo die Kopfhaut bereits freilag, eine kleine Narbe. Der andere war blond und ohne Zweifel. Ich schätzte sie auf Mitte dreißig. Und so würden sie vielleicht auch noch die nächsten zwanzig Jahre aussehen, wenn ihnen keiner einen Strich durch die Rechnung machen würde. Tom musterte sie mit seinem gesunden Maß an Abscheu und Mißtrauen.

Ich wandte mich wieder dem Spiel zu. Der Japaner war ausgeschieden, die alte Dame befand sich schon seit einigen Spielen auf der Verliererstraße. Nur die beiden Mädchen freuten sich über kleine Beträge, die sie immer wieder einstrichen. Ein bärtiger Franzose hatte sich jetzt auch an den Tisch gesellt und schaute interessiert zu. Ein Starlet hing an seinem Arm, sie schielte leicht. Serge hatte sich jetzt darauf verlegt, Viererkombinationen zu legen und auf Ungerade zu setzen.

Die kleine weiße Schicksalskugel setzte ihren Weg fort und tat uns einen großen Gefallen. Ungerührt ließ Serge einen erheblichen Teil seines Gewinnes in der Tasche verschwinden. Er zwinkerte mir zu. Ich pfiff leise durch die Zähne und versuchte, eines der Mädchen zum Lächeln zu bringen. Aber nicht ich hatte das Geld gewonnen.

Die beiden Schmiergesichter schienen genug vom Zuschauen zu haben. Sie kamen an den Tisch und stellten sich neben uns. Ich konnte ihr Deo riechen. Der Blonde machte eine obszöne Handbewegung, aber eigentlich packte er nur Chips auf den Samt. Und zwar auf genau die Felder, die auch Serge gesetzt hatte. Seine Glückssträhne hielt auch diesmal. Zwar sackte er nur den vierfachen Gewinn ein, aber auch das war eine Stange Geld. Die beiden Typen warfen sich vielsagende Blicke zu. Ich hätte ihnen aus dem Stand etwas auf die Fresse hauen können. Aber in einem Casino ist das verboten.

Serge grinste sie freundlich an. Er winkte Tom, der bald darauf mit drei Gläsern Champagner zu uns kam. Er reichte eines an Serge, zwei an die Abstauber. Während sie tranken, ließ er einen Stapel Jetons in seiner Tasche verschwinden.

- Jetzt ist die Zwölf reif, sagte Serge scharf. Spielerisch schob er alles was vor ihm lag auf die eine Zahl.

Damit hatten die beiden nicht gerechnet. Sie waren verdammt unsicher. In einem Anflug von Wagemut griff sich der Blonde seine ganzen Jetons und plazierte sie auf der Zwölf. Ich schaffte es nicht, meinen Atem anzuhalten, schon deshalb, weil Tom mir in die Seite kniff. Er hatte sich neben mir aufgebaut. Sein Profil war eine Statue. Dafür hielten die anderen am Tisch die Luft an. Gebannt blickten die Amerikanerinnen auf die Kugel. Nur Serge tat, als gehe es ihn nichts an. Er stand auf und ging zur Bar. Dort ließ er sich einen Cognac geben.

Als die Kugel auf der 24 verfing, entdeckte ich für Bruchteile einer Sekunde dieses Lächeln auf seinem Gesicht. Dann verschwand es in den Falten um seinen Mund, wo es auch hergekommen war. Dafür hatten zwei Andere ihre Farbe verloren. Sogar ganz kräftig.

Als wir uns zum Gehen wandten, trat uns der Schwarzhaarige in den Weg. Er machte nicht den Fehler, Serge anzufassen. Dafür war sein Gesicht nur wenige Zentimeter von ihm entfernt. Er roch nach Whiskey.

- Du hast uns verarscht, Alter, presste er hervor. Der Blonde war hinter ihn getreten.

- Es gibt da eine Regel im Leben, sagte Serge so langsam wie nur möglich, spiel nie mit einem, für den Verlieren keine Niederlage ist.

Tom zauberte ein Lachen auf seine Lippen. Nichts hätte entschlossener wirken können.

Serge hatte noch genügend Asche zur Seite geschafft. Alles in allem war der kleine Ausflug nach Monte Carlo ganz erfolgreich gelaufen, auch wenn Tom wieder in seine Scheißegalhaltung verfallen war. Serge lud uns in eine Hafenkneipe ein, wir konnten draußen sitzen und den Blick in die Sterne genießen. Ich sah eine Sternschnuppe und erinnerte mich an eine Freundin, die behauptete, es seien gefallene Engel. Was mußten sie verbrochen haben?

Das Bier kam, es machte meine Lippen wieder geschmeidig. Serge schob jedem von uns 1000 Franc über den Tisch. Ich protestierte.

- Behalt bitte dein Geld, sagte ich, du versorgst mich schon so mehr als genug.

- Du hast es dir verdient, antwortete er lapidar und schob den Schein wieder zu mir. Tom versuchte einen Traktor aus dem Ding zu bauen.

- Wenigstens hast du es den beiden Kerlen gezeigt, sagte er. Das war die Aktion wert.

- Und wie meintest Du das, was du den beiden Typen erzählt hast, fragte ich.

- Ganz einfach, sagte Serge mit seinem warmen Timbre. Ich habe nichts. Aber es ist mein Nichts und das kann mir keiner wegnehmen.

Neun

Der Himmel war bedeckt, als sich Tom an die Straße nach Nizza stellte. Er mußte nicht lange warten. Schon nach einigen Minuten nahm ihn ein Nachbar von oberhalb des Weges mit in die Stadt. Noch ehe er es sich eingestehen wollte, wußte er, dass er Maria bereits nach einem Tag vermißte. Auf eine Art mochte er das Gefühl, endlich war da etwas jenseits der Beliebigkeit. Endlich war da etwas, für das es sich lohnte, durchzudrehen. Er hätte Serge gerne nach seiner Meinung gefragt, fürchtete aber, er würde mit einem wissenden Lächeln darüber hinweggehen. Oder schlimmer noch, sich in Gedanken an seine Großmutter verlieren und dann aus jedem Wort eine Philosophie machen. Tom wollte Nicky fragen. Der machte den Eindruck, als ob er auch nicht ganz kaltblütig zu ihnen gefunden habe.

Der Nachbar ließ ihn vor dem *Esplanada* aussteigen. Tom schlug sich zwischen unglaublich vielen Koffern zur Rezeption durch. Die Solanes seien ausgegangen, steckte ihm der Portier. Nur eines der Mädchen sei noch auf ihrem Zimmer. Tom ging zur Treppe, und als er aus dem Blickfeld war, nahm er immer zwei Stufen mit einem Schritt. Sonja öffnete ihm die Tür. Hallo, sagte sie und ließ in herein. Sein Blick sprang durch den Raum. Aber Maria sei nicht da, sagte Sonja. Ihre Eltern hätten sie gezwungen, den Tag mit ihnen zu verbringen und irgendein blödes Kloster zu besichtigen. Sie selbst habe sich retten können, weil sie noch etwas für das kommende Semester vorbereiten müsse.

Tom ließ sich in einen Sessel fallen. Verdammte Scheiße, dachte er und fand es noch nett ausgedrückt, dass man immer etwas schlucken muß, für das man nur Verachtung übrig hat. Immer schlucken.

Sonja bot ihm einen Kaffee an. Er bat sie um Zucker. Sie fragte ihn nach Nicky, aber Tom wußte nichts richtiges zu antworten. Sie hatten weder über Sonja noch über Maria gesprochen. Es gehe ihm gut, sagte er und das stimmte auch. Das Hotelzimmer war trotz der gehobenen Klasse noch ausgesprochen häßlich. Schwere Sessel drängten sich um den kleinen Tisch, an der Wand stand ein Sekretär, das Holzbett war mit wuchtigen Intarsien verziert. Tom ging ins Bad und hielt seinen Kopf unter kaltes Wasser. Es rann ihm über den Nacken und auf die Brust. Er strich sich die klatschnassen Haare aus der Stirn und schüttelte sie. Er vergaß sich abzutrocknen. Als er wieder ins Zimmer trat, hing Sonja über einem Buch. Laß uns bei Nadim einen Pastis trinken, sagte Tom und zog sie sanft am Arm vom Stuhl. Er wollte so schnell wie möglich raus aus dieser verdammten Bettenburg. Das ist eine gute Idee, sagte Sonja und ein Lachen verriet ihre Freude.

Nadim und seine Frau saßen alleine in dem kleinen, dunklen Café. Er nahm Tom in den Arm und seine Frau küßte ihn und Sonja auf die Wange. Schön, dass du dich auch mal wieder sehen läßt, sagte Nadim und ließ seinen Blick lange auf ihm ruhen. Dann wandte er sich an Sonja. Was möchten sie trinken, fragte er in seiner seltsamen arabischen Höflichkeit. Sonja bestellte zwei Pastis mit Eis.

Es war bereits Mittag, die Sonne brach mit aller Wucht aus dem Dunst hervor und verwandelte den Tag in ein grelles Zerrbild. Die Silhouetten der Hügel schwammen im Licht. Die Azurküste machte ihrem Namen alle Ehre. Unwillkürlich mußte Tom an einen Schüler seiner Klasse denken, den sie an so einem Tag aus dem Meer gefischt hatten. Keiner hatte je seinen Grund erfahren, er war schlau genug gewesen, sich nicht zu verraten. Er drückte den Eiswürfel unter Wasser, der an der milchigen Oberfläche seines Drinks schwamm.

Wann werden sie zurück sein, fragte Tom. Sonja lehnte sich in ihrem Stuhl zurück und genoß die Sonne. Ihre modische blaue Sonnenbrille reflektierte müßige Straßenszenen. Wahrscheinlich gegen Abend, wenn sie nicht noch irgendwo Essen gehen, sagte sie. Genausogut hätte sie ihm auch ihre Schuhgröße verraten können.

Tom bestellte sich einen zweiten Drink. Nadim brachte ihm den Pastis und setzte sich dazu.

Nicky war vor zwei Tagen hier, sagte er, wohnt er noch bei euch? Tom nickte. Er dachte an Maria, an ihr Lachen, das ihn ganz kirre machte, ihre Hand, die ihm über den Arm glitt und an ihre zarten, schlanken Beine, bei denen er nicht haltmachte. Schnell merkte Nadim, dass Tom in Gedanken weit weg war. Er wandte sich an Sonja. Sie sprachen über Spanien. Nadim war ein großer Erzähler und weit herumgekommen in der Welt. Er erzählte Sonja von Sevilla, wo er einige Jahre als Mechaniker verbracht hatte. Dort war er gewesen wie auch in Casablanca und Mogadischu, New

York und Frankfurt. Sogar in Buenos Aires hatte er eine Zeit lang gelebt. Es verging eine Stunde, bis Sonja meinte, sie müsse wieder zu ihren Büchern zurück.

Tom gab ihr einen flüchtigen Kuss, Nadim nahm sie in den Arm. Nach einigen Metern drehte sie sich um und winkte. Ihr Rock wippte dabei fast unmerklich.

Tom war schon fast aufgestanden, als ihn ein ungenauer Reflex wieder in den Stuhl drückte. Er nahm seine Sonnenbrille ab und setzte sie genau so schnell wieder auf. In etwa 100 Metern Entfernung stieg der blonde Arsch vom letzten Casinoabend aus einem roten Alfa Spider. Fast gleichzeitig entwand sich eine flachbrüstige Schönheit dem Beifahrersitz. Der Lack stand ihr gut.

Etwas unschlüssig warteten die beiden auf dem Gehweg und ließen ihren Blick über die Cafés auf der anderen Seite der Promenade wandern. Scheinbar hatten sie etwas entdeckt, denn zielstrebig steuerten sie in Toms Richtung, verschwanden dann in einem noblen Restaurant direkt um die Ecke.

Tom bestellte einen Kaffee und spielte in Gedanken imaginäre Szenen durch. Da waren diese beiden Koksnasen, da war das Casino - und da war Serge. Es gibt für alles einen Grund, dachte Tom und ein verwegenes Lächeln breitete sich um seine Mundwinkel aus. Den Beutetrieb bekommst du nie klein, solange das Mittelmaß dich noch nicht eingeholt hat. Wie zufällig zückte Tom den kleinen angefeilten Schraubenzieher aus seiner Jeans und rührte den Kaffee um. Er durchspülte seine Eingeweide wie Wildwasser.

Nadim verzichtete auf die Rechnung. Bestell Serge und Nicky einen schönen Gruß, sagte er, und laß dich mal wieder blicken. Tom berührte ihn flüchtig am Arm. Danke und bis bald, sagte er. Seine ganze Haltung sprach die Wahrheit.

Gemächlich schritt Tom über die Straße. Er warf einen Blick in das Restaurant und sah Blondie und das Mädchen an einem Tisch sitzen. Wenige Meter später war er am Spider und ganz sicher, dass der Wagen vom Restaurant nicht eingesehen werden konnte. Er blieb an der Fahrertür stehen und machte sich eine Zigarette an. Als er das Feuerzeug sinken ließ, steckte der Schraubenzieher bereits tief im Blech. Tom hebelte das Schloß auf und setzte sich ins Auto. Blitzschnell griff er unter die Abdeckung und startete den Motor. Als er das Lenkradschloß brach, sah er im

Rückspiegel einen Mann, der eilig auf ihn zu rannte. Tom erkannte den Schwarzhaarigen mit der Narbe. Er gab Gas und schoß aus der Parklücke, wobei er fast einen vorbeifahrenden Wagen rammte. Viel hatte nicht gefehlt. Der Typ blieb stehen, dann rannte er zurück. Tom sah noch, wie er in einen schwarzen 5er BMW stieg, nur einige Meter entfernt geparkt. Dann war er mit dem Spider außer Sichtweite und rieb sich die Hände. Dumm war nur, dass der Typ ihn vielleicht erkannt hatte.

Er war sich nicht sicher, was er jetzt machen sollte. Blöderweise hatte er nicht genau zugehört, als Sonja von dem Kloster erzählte. Er konnte sich nicht an den Namen erinnern, sonst wäre er hingefahren und hätte Maria zu einer kleinen Spritztour eingeladen. Ihre Eltern wären sehr überrascht gewesen über diesen klugen, wohlhabenden jungen Mann. Er biß sich auf die Lippen.

Darüber hatte er jedenfalls vergessen, früh genug von der Küstenstraße abzufahren und seine Spuren zu verwischen. Als er die Fahrbahn wechselte, um eine Abzweigung in die Berge zu nehmen, entdeckte er den schwarzen BMW im Rückspiegel. Scheiße, fluchte Tom und bog mit einem haarsträubenden Manöver in die Ausfahrt. Er schaltete einen Gang zurück und ließ den Motor heulen. Dann trat er in die Eisen, denn sonst wäre er in ein Früchtedreirad gerast. Er fand eine Stelle zum Überholen, aber der BMW klebte schon an ihm. Der Schwarzhaarige fuhr verbissen, neben ihm saß der Blonde.

Tom wurde plötzlich klar, dass er einen Fehler gemacht hatte. Die Straße war nicht viel mehr als ein Wanderweg. Für Cross war der Spider nicht so geeignet. Und bei den vereinzelten Schlaglöchern rutschte Tom tief in den Sitz. Zickaden zirpten am Waldrand, Vögel pfiffen eine Melodie, aber das alles hörte Tom nicht. Er zermarterte sich sein Hirn, wie er aus dieser verfahrenen Situation wieder herauskommen könnte. Der BMW war ganz knapp hinter ihm. Scheiße, Scheiße, Scheiße, dachte er, in den Bergen habe ich überhaupt keine Chance. Und dann zogen sich die Sekunden endlos.

Vor ihm tauchte das Gelände einer Kiesgrube auf. Das schien Tom auch keine Rettung, und als er auf das Gelände einbog, konnte er den Spider nicht mehr abfangen. Seitlich raste das Geschoß in einen meterhohen Kiesberg. Tom schlug mit der Stirn auf das Lenkrad und dabei hatte er verdammtes Glück.

Benommen wollte er aussteigen, dabei half ihm jemand. Dann schmeckte er heißes Blut auf seinen Lippen. Der Typ hatte ihm in die Fresse geschlagen. Unter Tränen machte Tom die Augen auf und bekam sein Knie hoch. Er erwischte den Kerl bei den Eiern. Aber da war auch noch der andere. Mit einem Faustschlag riß er Tom fast den Kopf ab und beendete die Sache. Er hatte Blut an seiner Hand. Tom noch an ganz anderen Stellen.

Als er wieder zu sich kam, waren seine Arme mit Klebeband gefesselt. Sein ganzes Gesicht schmerzte und sein linker Arm pochte wie wild. Er mußte sich den Flügel irgendwie aufgerissen haben. Tom blickte um sich, seine Verfolger hatten den Spider aus dem Kies geschafft und betrachteten sich den Schaden. Er konnte aus seiner Lage jedoch kaum etwas erkennen und es war ihm auch verdammt egal. Ihn beschäftigte die Frage, was er als nächstes tun würde.

Der Schwarzhaarige nahm ihm die Überlegung ab. Langsam schlurfte er auf ihn zu. Dann packte er Tom am Arm und zog ihn auf die Beine. Vor Schmerz hätte er fast aufgeschrieen. Ich heiße Maurice, sagte er. Und das ist Walter, er deutete auf Blondie. Claude, stellte Tom sich vor. Zu dumm, dass er ihm nicht die Hand schütteln konnte. Du hast da eine nette Show geliefert, sagte Maurice und die Anerkennung in seiner Stimme schien nicht geheuchelt. Tom hielt es für ratsam, nichts zu sagen. Du bist sogar sehr schnell beim Knacken, sagte Maurice. Bei jedem anderen hätte Tom sich geschmeichelt gefühlt. Bist du vorbestraft, fragte er. Tom verneinte.

Ich gebe dir für jeden Schlitten, den du mir auf Bestellung lieferst, 30000 Franc. Walter war neben ihn getreten und Haß sprach aus seinen blauen Augen. Er löste ihm das Klebeband.

Komm morgen abend in das Restaurant, sagte er, du weißt welches ich meine. Ohne ein weiteres Wort drehte Maurice sich um und stieg in den BMW. Walter nahm den Spider.

Zehn

Die Schmerzen im linken Arm ließen Tom nicht einschlafen. Die Wunde zog sich bis über den Ellenbogen, war zum Glück aber nicht besonders tief. Er hatte darauf verzichtet, zum Arzt zu gehen. Er war bei Einbruch der Nacht zu Maria gegangen, sie hatte ihm einen Verband angelegt. Und erst dann hatte er es ihr erklärt. Nur die Sache mit Maurice und dem Autodeal hatte er verschwiegen. Jetzt lag sie neben ihm und schlief. Ihr Atem ging regelmäßig. Er hielt sie mit dem Arm fest, in dem er noch Kraft hatte. Weniger hätte er sich nicht verziehen.

Seit Stunden lag Tom so da und brachte die Augen nicht zu. Maria und er hatten zusammen geschlafen, ihr Schweiß auf seinen Lippen hatte die Gedanken zerstreut und für ihre geflüsterten Worte hätte er sich auch noch den anderen Arm aufgeschlitzt. Als sie dann auf ihn herabsank, wußte er nicht, ob es Freudentränen waren, die über ihre Wange liefen. Zu gerne hätte er sie gefragt, aber da war etwas, das ihm den Hals zuschnürte. Ein Gefühl der Panik, das gerade in der dunkelsten Nacht am schärfsten leuchtet. Ein Gefühl des Aufgebens, noch bevor etwas richtig begonnen hat. Und ihre Küsse hatten es nicht besser gemacht.

Tom stand auf, um sich ein Bier aus dem Kühlfach zu nehmen. Es war schweineteuer. Aber das zählte jetzt nicht. Sein Blick fiel auf Sonja, die im Nebenzimmer schlief. Eine Haarsträhne fiel ihr in die Stirn, ein Bein lag über der Decke. Schatten spielten auf ihrem Gesicht.

Er nahm einen tiefen Schluck aus der Flasche und setzte sich auf das Bett. Maria drehte sich im Schlaf. Er streichelte ihr über den nackten Rücken. In der Ferne hörte er das Lachen von Menschen. Er hätte lieber sein eigenes gehört. Tom war verzweifelt. Nicht über die Geschichte vom Nachmittag. Die paar Schrammen ließen ihn recht kalt. Was ihm wirklich zu schaffen machte, war das Angebot von Maurice. Eine Menge Geld, verdammt viel Geld sogar. Die Geschichte konnte der Anfang sein oder auch das Ende. Bis vor kurzem hätte es ihn nicht interessiert, aber Maria hatte alles verändert. Tom nahm noch einen Schluck aus der Flasche. Bald geht die Sonne auf, dachte er. Und bei Licht betrachtet blieb ihm eigentlich keine Wahl.

Als Maria erwachte, war Tom gerade eingeschlafen. Eingerollt, als hätte er etwas zu verbergen. Maria rieb sich den Schlaf aus den Augen und beobachtete ihre Schwester, die ein Shirt aus dem Schrank zog. Sie wollte gerade etwas sagen, als Sonja einen Finger auf den Mund legte. Leise, flüsterte sie, Tom ist die ganze Nacht im Zimmer umhergewandert. Er kann noch nicht sehr lange schlafen. Warst du auch wach, fragte Maria und wandte ihren Blick zu Tom. Nein, sagte Sonja, ich bin nur zweimal aufgewacht und er war wach. Ich wollte auch nichts sagen. Es waren seine Stunden.

Maria kroch aus dem Bett und zog sich an. Es war gegen elf Uhr morgens und schon sehr heiß. Sonja rief den Zimmerservice und bestellte Frühstück für zwei. Maria ließ so leise wie möglich die Rolladen runter, um Tom vor der Sonne zu schützen. Sie warf einen Blick auf den Verband. An einer Stelle klebte rot durchgesickertes Blut. Sie wollte den Mull gleich wechseln, wenn er aufwachte.

Der Service brachte das Frühstück. Sie hatten sich gerade an den Tisch gesetzt, da stand Tom im Zimmer. Das enge Shirt umzeichnete seine Muskeln. Schon wach, sagte Maria und griff nach seiner Hand. Erst wenn ich einen Schluck Kaffee bekomme, sagte Tom und setzte sich zu ihnen. Sonja schenkte ihm eine Tasse ein. Was macht dein Arm, fragte sie. Tom lächelte: tut nicht weh. Aber als Maria mit einer neuen Mullbinde erschien und die alte abnahm, hielt er ganz still. Der Unterarm schillerte in allen Farben, doch die Wunde hatte sich geschlossen. Sonja riskierte einen Blick. Das wird bald wieder, sagte sie und schob ihm ein Croissant hin.

Als die Mädchen zum Strand gingen, machte sich Tom auf den Weg ins verabredete Restaurant. Er suchte nach seinem Hass auf Maurice und das andere Arschloch, konnte aber nichts finden. Er suchte nach einer Ausrede, sich mit Typen wie diesen einzulassen, gab es aber auf. Entschuldigungen waren noch nie seine Stärke gewesen. Er dachte an Maria und es war das Schönste in seinem Kopf. Als er um die Ecke bog, sah er den BMW vor dem Restaurant stehen. Maurice saß draußen an einem Tisch und schrieb etwas in ein Notizbuch. Tom setzte sich zu ihm. Hallo, sagte Maurice und machte sich nicht die Mühe, aufzublicken. Tom bediente sich dafür an seinen Gauloises. Bei der Bedienung

bestellte er einen Kaffee. Maurice wollte Rotwein. Wie geht's deinem Arm, fragte er. Ist noch dran, sagte Tom, Scheiße passiert. Maurice nickte. Er wirkte müde: hast du dir unser kleines Geschäft durch den Kopf gehen lassen?
Sonst wäre ich nicht hier, sagte Tom und gab sich alle Mühe, zu Tode gelangweilt zu wirken. Komm zur Sache Mann.
Maurice musterte ihn mit einem scharfen Blick, aber Tom hielt die Deckung oben. O.k., ich brauche einen S-Klasse Mercedes, die Farbe ist egal.
Wann, fragte Tom. Bis übermorgen, alles weitere steht hier drauf. Maurice schob ihm einen Zettel über den Tisch. Das Geld bekommst du bei Lieferung. Tom nahm das Papier und steckte es in seine Tasche. Er hatte keine Fragen mehr, die Maurice hätte beantworten können. Er wußte selbst, dass die Zeit läuft.

Elf

- Ich will dir etwas zeigen, sagte Serge. Die Kerzen brannten, ich kam mit einer Flasche Rotwein aus dem Keller. Er saß auf der Veranda, die Füße weit von sich gestreckt. Ein Buch auf den Beinen.

- Setz dich zu mir. Ich machte es mir neben ihm bequem. Die Luft war schwer wie Weihrauch. Wolken zogen über den Himmel. Irgendwo knallte eine Tür heftig ins Schloß.

- Sieht so aus, als ob es ein Gewitter gibt, sagte ich.

- Sieht so aus, sagte Serge. Er schlug das Buch auf, es waren einige Fotos darin.

- Hier, sagte er und gab mir eine vergilbte schwarz-weiß Abbildung, das bin ich als junger Mann. Vielleicht so alt wie du. Es konnte etwa hinkommen. Ein mittelgroßer, kräftig gebauter Kerl in Jeans und T-Shirt, der ein Mädchen im Arm hält. Und dieses leicht verunsicherte Schnappschußlächeln, das man nur auf Fotos sieht.

- Ich besitze nur dieses eine Bild von ihr. Ich hatte sie gerade kennengelernt. Seine Augen glitten über das Papier, als sei es ein stundenlanger Film. Die Kerze warf Licht und Schatten, sie flackerte im Wind.

- Sie war dein Mädchen, fragte ich und riß ihn aus seinen Gedanken. Ich wollte die Geschichte zu Ende hören, die er noch nicht einmal begonnen hatte. Ein Lächeln zog über sein Gesicht. Es flutete eine Träne.

- Sie war mehr als das, sagte Serge, sie war meine Frau. Er steckte die Fotografie zurück ins Buch.

- Sie hat mir den Sinn des Lebens gezeigt. Serge warf den Kopf wie zum Trotz in den Nacken. Ein Zug, den ich nicht von ihm erwartet hätte. Ich griff nach dem Rotwein, es schien, als bliebe mir nichts anderes übrig. Denn bis jetzt war es der Alkohol gewesen, der mir über den ganzen Unsinn im Leben hinweggeholfen hatte. Es gab eine Zeit, da hatte ich auch versucht, die Philosophen des Abendlandes zu studieren. Zum Schluß fand ich, sie hätten sich besser eine ehrliche Arbeit suchen sollen.

- Verrat mir bitte den Sinn, sagte ich.

- Nicky, sagte Serge gemächlich, es ist sehr einfach. Es sind die Menschen und die Erinnerungen, die du mit ihnen teilst.

Ein Luftstoß blies die Kerze aus. Am Himmel waren Gewitterwolken aufgezogen. Ich fröstelte leicht. Serge stand aus seinem Schaukelstuhl auf und warf einen prüfenden Blick auf das Wetter. Der Wind hob an und trug weit entfernte Geräusche zu uns. Die Bäume wiegten ihre Äste. Serges Augenbrauen zogen sich zusammen.
- Laß uns ins Haus gehen, sagte er, es geht gleich los.
Mit seinem festen Griff packte er das Buch, ich kümmerte mich um die Flasche Wein. Wir waren gerade im Haus, da riß ein gelber Blitz den Himmel in Fetzen. Der Donner brach sich im Fensterglas. Serge stand in der Verandatür und schaute nach draußen. Es sah aus, als würde er auf den Regen warten. Das Buch lag auf dem Küchentisch. Ein Foto war auf die Erde gefallen. Ich hob es auf.
Erst dachte ich, es sei Serges Frau, so verblüffend war die Ähnlichkeit. Das Mädchen stand auf dem Sitz eines Cabrios und winkte. Am Steuer saß ein elegant gekleideter Typ, er hielt einen kleinen Jungen auf dem Schoß. Das Foto war in Farbe.
- Judith, sagte Serge, meine Tochter, als wolle er mir jemanden vorstellen, dem ich gerade die Hand gebe. Er war hinter mich getreten und betrachtete das Bild.
- Das ist der kleine Tom auf dem Schoß seines Vaters. Schon damals hat er sich brennend für schnelle Autos interessiert. Serge setzte sich an den Tisch und goß sich ein Glas randvoll mit Wein. Regen pladderte an die Scheiben, als wolle er das Glas aufweichen. Draußen war die Hölle los. Die Bäume warfen sich hin und her. Das Haus knarzte an allen Ecken. Blitze elektrisierten die Dunkelheit.
- Es war eine Nacht wie diese, sagte Serge, als sie über die Klippen rasten. Er nahm einen großen Schluck.
- Der Regen zerschlug fast die Motorhaube. Das Meer kotzte an den Strand. Und wir waren auf dem Weg nach Hause. Serge stand auf und trat an die Tür. Dann spuckte er aus und schaute sekundenlang in den Regen.
- Thomas war Rennfahrer. Wir kamen von einem Rennen. Er hatte gewonnen und Judith war so glücklich. Sie waren so glücklich. Es war sein allererster Sieg.

Ich schaute in Serges Augen und sah Judith ihre Faust in die Höhe reißen. Ich sah sie einen Freudentanz machen, bevor sie Thomas um den Hals fiel. Ich spürte den Stolz des Vaters und die überschwengliche Begeisterung der Tochter.

- Ich weiß nicht genau, wie es passierte. Ich fuhr hinter ihnen, als der Wagen ausbrach. Sie rasten glatt durch die Begrenzungssteine. Die Klippen haben sie empfangen und am Strand war es vorbei.

Wie zur Bekräftigung ließ der Wind nach, der Regen schlug verhaltener auf das Dach. Serge holte tief Luft.

- Ich kletterte runter. Sie waren mehr als tot.

- Sie waren noch sehr jung, sagte ich und erwartete keine Antwort.

- Zum Sterben ist man immer alt genug, sagte er. Der Sturm ließ langsam nach. Das Gewitter war verebbt. Ich sehnte die Stunde der totalen Stille herbei. Die wenigen Minuten, bevor die Tiere ihren Tanz wiederaufnehmen, die Menschen fortfahren in ihrem Tun. Die Träumer sekundenlang innehalten in ihrem Taumel. Und es eigentlich nichts mehr zu sagen gibt.

- Nicky, sagte er, man muß auch lernen, die einfachen Dinge im Leben zu akzeptieren. Serge zauberte ein sinnendes Lächeln auf sein Gesicht. Es war mitreißend. Ich konnte nur nicken. Und schlucken. Er reichte mir eine Kippe, ich nahm einen tiefen Zug. Mir glückte ein Rauchring. Die Stille brach mit aller Wucht herein, Serge ging auf die Veranda und lauschte. Ich saß wie festgewachsen und wartete auf die nächste Runde.

- Komm raus, rief Serge von der Tür aus, die Luft riecht wie frisch gewaschen.

Der Mond spiegelte sich in den Pfützen. Die Wolken am Himmel schienen vor etwas auf der Flucht zu sein. Serge pfiff leise ein Lied vor sich hin. Ich nahm die unverkennbare Melodie auf: Otis Reddings *My Girl.*

- Der einzige, der im Moment von Glück sprechen kann, ist wohl Tom, sagte ich. Serges Züge spannten sich im Mondlicht.

- Glücksmomente können eine sehr harte Zeit sein, sagte er unendlich langsam und schaffte es, mich immer wieder zu erschlagen. Serge hatte sich wieder in seinen Schaukelstuhl gesetzt und betrachtete die Sterne. Ich brachte die Kerzen auf die

Veranda, kümmerte mich um den Rotwein und versuchte nicht, über Glücksmomente nachzudenken.

Zwölf

Tom fand die Mädchen am Strand. Die Mittagssonne brannte vom Himmel. Sonja schlief mit einem Handtuch über dem Gesicht. Maria las in einem Buch. Tom setzte sich neben sie. Mit aller Lässigkeit, die er aufbringen konnte.
Wo warst du, fragte Maria. Geschäfte, sagte Tom, aber es klang eher lächerlich als geheimnisvoll. Sie lachte, und hatte damit bei Tom bereits mehr erreicht, als die Aussichten auf viel Geld versprechen könnten. Er grub sich neben sie in den Sand. Schweiß lief ihm über die Stirn. Er zog sein T-Shirt aus und Maria verteilte die Sonnencreme auf Toms Brust und Rücken. Sonja kam unter dem Handtuch hervor, irritiert blinzelte sie in das grelle Licht.
Verdammt hell hier, sagte sie und sank mit einem sanften Stöhnen wieder in die Waagerechte. Sie rollte sich auf die Seite. Wir müssen aufpassen, dass sie nicht durchdreht, sagte Tom und warf einen besorgten Blick auf Sonja. Laß sie ruhig schlafen, sagte Maria, erzähl' mir irgendwas.
Tom schaufelte Sand durch seine Hände. Er glaubte, etwas Besonderes sagen zu müssen. Er suchte nach den Worten, aber sie entglitten ihm immer wieder.
Ich will, dass wir zusammen weggehen, sagte er und versuchte, es eindeutig klingen zu lassen. Maria spürte, was er sagen wollte, aber vielleicht war es zu groß. Jung sein ist keine Ausrede, aber es ist ein Risiko. Bei den Entscheidungen die man trifft.
Und wie stellst du dir das vor, sagte sie. Diese Frage hatte Tom am allerwenigsten erwartet. Wie, fragte sie. Damit hatte er nicht gerechnet. Er kannte es nicht anders, als dass es irgendwie weitergeht.
Naja, sagte er, du bleibst erst hier bei uns und ich versuche, etwas Geld aufzutreiben. In nicht einmal zwei Wochen, fragte sie. Es klang sehr ungläubig. Kein Problem, sagte Tom. Er hatte diese Zuversicht gewonnen, die ihm die Zielgerade erträglich machte.
Willst du etwas trinken, fragte er. Vielleicht ein Wasser, sagte Maria. Sie gab ihm einen Kuß. Tom machte sich auf den Weg zum nächsten Kiosk. Der Sand war heiß und brannte unter den Füßen. Er kaufte zwei Bier und zwei Mineralwasser. Als er zahlte, fuhr ein weißer Mercedes langsam an ihm vorbei. Er schaute dem

Wagen nach, wenige Meter weiter fand der Fahrer einen Parkplatz nahe der Straße. Es war seine Richtung, also schlurfte Tom hinterher. Der jungsche Typ hinterm Steuer stieg aus, zog ein Surfbrett vom Dach und schickte sich an, es zum Strand zu tragen. Den Schlüssel hatte er noch im Zündschloß stecken und das war ein dummer Fehler. Tom wartete in aller Seelenruhe, bis der Kerl mit seinem Surfbrett genug Abstand hatte. Dann flitzte er auf den Fahrersitz, warf die Mühle an und war weg. In Sekunden schlug er sich von der Hauptstraße in die nahen Hügel. Auf Seitenwegen umfuhr er Nizza, eine knappe Stunde später war er bei der einsam gelegenen Lagerhalle, die Maurice ihm auf dem Zettel beschrieben hatte. Er fand die Klingel und drückte das verabredete Zeichen: ring - ring ring ring - ring.
Walter öffnete die schwere Eisentür und betrachtete ihn mißtrauisch. Wortlos deutete Tom auf den Mercedes, Walter nickte und verschwand wieder hinter der Tür. Dann öffnete sich das große Tor. Tom fuhr den Wagen in die Halle. Er ließ den Blick schweifen.
In einer Ecke des Lagerraumes standen zwei weitere Wagen, beides italienische Luxusfabrikate. Ansonsten lag Schweißzeug herum, einige Nummernschilder, Schraubenschlüssel, und Tom konnte auch ein Spritzgerät erkennen. Alles was nötig war, um heiße Wagen schnell unauffindbar zu machen. Walter trat an den Mercedes. Tom stieg aus und gab ihm den Zündschlüssel.
Das ging aber schnell mit der Karre, sagte Walter. Seinen Zähnen entwand sich ein leises Zischen. Wir hatten erst morgen mit dir gerechnet.
Der frühe Vogel fängt den Wurm, sagte Tom. Er hatte nicht die geringste Lust auf eine Unterhaltung. Was ist mit dem Geld?
Das Geld, sagte Walter, natürlich, das Geld. Er rührte sich nicht vom Fleck. Jetzt gleich, sagte Tom, er zog die Worte unnatürlich in die Länge. Ich habe im Moment nicht soviel dabei. Maurice verteilt die Kohle, sagte Walter. Wieviel bekommst du denn? Zehn Mille, sagte Tom, jetzt. Ich kann dir nur einen Teil geben, sagte Walter und zog einige Scheine aus der Tasche. Er zählte drei Tausender ab und reichte sie Tom. Den Rest gibt dir Maurice.
Noch nie hatte Tom soviel besessen. Das Geld lag schwer in seiner Hand. Er legte die Finger um die Scheine und ließ sie in seiner Hosentasche verschwinden. Geh‘ öfter beim Restaurant

vorbei, Maurice ist fast täglich zur gleichen Zeit da. Dann bekommst du dein Geld. Und bestimmt hat er neue Aufträge für dich, sagte Walter. Tom nickte. Wird erledigt, sagte er. Und wandte sich zum Gehen. Er war schon fast an der Tür, als Walter fragte: Hey, soll ich dich irgendwohin bringen? Tom schüttelte den Kopf. Nein, sagte er lapidar. Er wollte nicht länger als nötig mit dem Typen zubringen. Oder zufällig etwas von sich verraten. Er kannte die Gegend. Es war nicht allzu weit bis nach Hause. Zu Fuß war es gut zu schaffen, auch wenn es langsam dunkel wurde. Am Himmel zogen sich finstere Wolken zusammen. Es wird ein Gewitter geben, dachte Tom. Er setzte seine Schritte schneller. Und immer wieder fühlte er prall das Geld in seiner Tasche. Als das Gewitter losbrach, konnte er gar nicht so schnell naß werden, wie es regnete.

Dreizehn

Die Tage und Nächte rannten nur so dahin. Und ich hatte keine Sekunde vergessen. Diese Leichtigkeit baute mich auf, diese Selbstverständlichkeit war fast unerträglich schön. Bevor ich an die Cote d'Azur gekommen war, suchte ich Selbstvertrauen wie ich nach Luft schnappte. Aber Serge und Tom hatten mir gezeigt, was es heißt, die Dinge laufen zu lassen. Und sich dabei doch irgendwie zu kümmern. Ich erinnerte mich an die ungekrönten Momente vorher: die Versuche, mir meine tiefe Verachtung zu erklären. Für ein Land, welches schon lange die Begriffe vertauscht hatte. Dekadenz nannten sie Phantasie. Eine billige Kopie war Kultur. Mittelmaß Legende. Und Gleichgültigkeit Toleranz. Dennoch hatte die Politik der Langeweile mich nicht so weit gebracht, maximal Drogen zu nehmen.

Du bist einer von uns, hatte Serge einmal gesagt. Und wir stehen für das ein was wir sind. Für eine moralische Klasse. Für Leute wie uns. Müssen wir denn erst hassen lernen, um etwas von dem Verlorenen zurückzuerobern, hatte ich ihn gefragt. Das mußt du selbst entscheiden, hatte er geantwortet, aber leider wurde irgendwann vergessen, was am Ende des Lächelns ist.

Oft verstand ich nicht ganz, wie er etwas meinte. Er versuchte nicht, mir Rätsel aufzugeben. Aber er wollte mich auch nicht um jede eigene Erfahrung betrügen. Und durch Poesie drückte er etwas Hartes immer verdammt nett aus. Wenigstens soviel hatte ich mitbekommen.

Es war ein blendender Morgen. Das Gewitter hatte die Luft gereinigt. Der durstige Boden war satt und trocken. Eine wilde Katze streunte faul durch die Gegend. Für heute hatte ich beschlossen, Sonja zu treffen. Seit der Nacht am Hundestrand hatten wir uns nicht mehr gesehen. Das war vor gerade vier Tagen gewesen. Serge mußte einige Dinge in der Stadt erledigen, also fuhren wir zusammen. Mein Wagen war eine ziemlich alte Mühle, seine besten Tage lange gezählt. Ich hatte mich gewundert, dass er überhaupt die Reise bis ans Meer ohne Probleme überstanden hatte. Jetzt bereitete ihm schon das Anlassen erhebliche Mühe. Serge bedachte sein leidendes Röhren mit einem kritischen Blick und schob seine Mütze zurecht.

- Vielleicht solltest du Tom fragen, sagte er, der kennt sich mit sowas aus.

- Ich schätze, da kann auch Tom nicht mehr viel retten, antwortete ich. In dem Moment sprang der Wagen an. Na also, dachte ich, der läßt mich nicht im Stich.

Ich ließ Serge vor dem Rathaus von Nizza aussteigen und fuhr weiter zum *Ocean View* Hotel. Die Eingangshalle war belagert von Menschen mit unzähligen Koffern, die gerade angereist waren. Ihre Haut war noch bleich, sie hatten diesen gehetzten, gestressten Ausdruck in den Augen, den viele nie ablegen. Ich warf ihnen einen aufmunternden Blick zu, als ich durch die Halle schlenderte.

Sonja öffnete mir die Tür. Sie sah wirklich große Klasse aus. Und das kleine Schwarze stand ihr gut.

- Hey, sagte sie und ließ mich herein, was für eine Überraschung. Das Zimmer lag im Chaos, überall flogen Klamotten herum. Jemand stand unter der Dusche.

- Ich wollte anrufen, sagte ich, aber wir haben da oben kein Telefon und ...

Sie winkte ab und lachte.

- Egal. Schön, dass du dich blicken läßt. Ich dachte schon, wir sehen uns nicht mehr.

- Wieso, wann fährst du denn?

- In zwei Tagen geht's nach Hause, sagte Sonja.

- So bald schon, sagte ich. Aber es war nicht so, dass ich es bedauerte.

Maria trat aus der Dusche. Sie hatte ein großes Handtuch umgebunden und wirbelte durchs Zimmer. Sich ihres Körpers sehr sicher.

- Hallo Nicky, sagte sie, hast du Tom gesehen? Er ist gestern einfach verschwunden, als wir zusammen am Strand waren.

- Er kam abends nach dem Gewitter heim.

Mit weiteren Details wollte ich mich zurückhalten. Maria murmelte etwas, ich verstand aber nichts. Sie verzog sich in das andere Zimmer.

- Hast du eine Idee, was wir machen können, fragte Sonja.

- Ich dachte, wir machen einen kleinen Ausflug nach Grasse und schauen uns dort eine Parfümfabrik an, sagte ich und schüttete mir etwas von ihrem Kaffee in eine Tasse.
Sie fand, es sei eine gute Idee. Aber vorher wollte sie nicht auf ein wenig Make-Up verzichten und da war auch noch etwas mit den Haaren. Ich vertrieb mir die halbe Stunde mit einem Blick in ihre Bücher. Scheinbar studierte sie Soziologie, denn mit Mühe konnte ich eine bahnbrechende Theorie über gruppendynamisches Verhalten entziffern. Ich steckte mir eine Gauloises an.
- Nicky, wie sehe ich aus, fragte sie, die Badezimmertür ins Schloß werfend.
- Zauberhaft, sagte ich und es war die volle Wahrheit. Laß uns gehen.

Es gibt so Situationen, da wünschst du dir ein Cabrio. Wenn die Natur ihre Gerüche verschwendet und ein warmer Wind deine Haut salbt. Mein Sinn für Luxus ist eigentlich wenig ausgeprägt. Aber es gibt diese lächerlichen Träume von dem einen Mal. Wir begnügten uns damit, die Scheiben herunterzukurbeln und träumten weiter. Jeder von etwas anderem.
- Die Parfümfabriken von Grasse sind weltberühmt, sagte ich und versuchte, mich nach den Hinweisschildern zu richten. Sie machten es einem nicht einfach.
- Ich habe schon davon gehört, sagte Sonja. Die Blumen auf ihrer Bluse rankten in wilden Farben. Ihr Arm baumelte locker über den Fensterrahmen. Aber mit den eigenen Augen sehen ist besser.
- Und mit der eigenen Nase riechen, sagte ich.
- Ja, sagte sie mit einem Strahlen.
Wie zufällig strich ihre Hand über meinen Arm. Wir bogen links ab und landeten auf dem Parkplatz der Fabrik. Das stilvolle Sandsteingebäude schmiegte sich an den Felsen, davor ein beeindruckender Garten. Sonja und ich schlenderten auf das Haus zu. Menschen kamen uns entgegen, Düfte hingen an ihnen wie schwere Schleier. Ich bekam eine Vorahnung von dem, was uns erwarten sollte. In der Eingangstür schlug es mich ganz unvermittelt nieder. Ein Puff in West Vagina kann nicht schlimmer sein, dachte ich. Behielt es aber für mich. Sonja war tapfer und stiefelte in den großen, stuckverzierten Raum mit Fläschchen, Flacons und Fliederdüften. Ich folgte ihr auf dem

Fuß und wollte sie nicht aus den Augen lassen. Sie roch hier und testete dort an den Präsentationstischen. Ich dachte an was Schönes, um mich abzulenken.

- Riech mal, sagte sie und hielt mir ihr Handgelenk unter die Nase. Ich nahm einen kräftigen Zug und war wie betäubt.

- Das steht dir sehr gut, sagte ich und wählte den leichten Weg.

- Wirklich, fragte Sonja und legte den Kopf schief.

- Naja, sagte ich, der Wahrheit auf der Spur, an dir riecht bestimmt alles toll.

Sie nahm meine Hand und zog mich aus der Parfümerie. Draußen atmete ich tief durch. Frische Luft raste in Kaskaden durch meinen Körper.

- Brauchst du auch einen Schnaps, fragte ich Sonja. Sie amüsierte sich prächtig.

- Warum nicht, lachte sie.

Der Wirt im nächstgelegenen Bistro beeilte sich, uns zwei Grappa und zwei Kaffee zu bringen. Ich kippte den Grappa in einem Zug und ließ ihn nachschenken. Sonja nippte an ihrem Kaffee.

- Und, was machst du, wenn du wieder zu Hause bist, fragte ich.

- Was schon, sagte sie mit einer weitschweifigen Bewegung, die Uni fängt wieder an, mein Freund wartet, und bald muß ich mich nach einem Job umsehen. Es klang nach Kapitulation auf kleinster Flamme. Ohne je voll gebrannt zu haben. Ich nickte. Es war mir sehr vertraut.

- Mit dem Studium kann ich später einen ganz guten Job bekommen, sagte sie. Ich nickte wieder und rührte desinteressiert in meinem Kaffee.

- Vielleicht im sozialen Bereich!

- Vielleicht soll ich deinen Schnaps trinken, sagte ich, denn sie hatte das Zeug noch nicht angerührt. Wie aus weiter Ferne blickte sie auf ihr Glas, setzte an und kippte. Ihr Gesicht verzog sich.

- Ääähh, sagte sie mit einer Träne im Auge. Ich mußte lächeln.

- Gehen wir.

Wir liefen die Straße hinunter und genossen die Nachmittagssonne. An den Bäumen reiften die Apfelsinen. Es würde auch eine gute Weinernte geben. Ich hielt ihr die Wagentür

auf, um mich von meiner charmanten Seite zu zeigen. Sie wußte
es zu nehmen.

Als ich die Zündung betätigte, kurbelte der Motor, sprang aber
nicht an. Ich versuchte es einige Male ohne Erfolg.

- Scheiße, sagte ich.

- Was hat er denn, fragte Sonja.

- Er springt nicht an, antwortete ich. Mehr wußte ich
schließlich selbst nicht. Glücklicherweise war der Wagen an
einem Hang geparkt, ich mußte ihn nur rollen lassen. Als er etwas
Geschwindigkeit hatte, schob ich den zweiten Gang rein und ließ
die Kupplung kommen. Das Auto ruckelte etwas und spuckte
auch. Dann hauchte es seinen letzten Atemzug und alles war
wieder still.

- Scheiße, sagte ich, ließ den Wagen ausrollen und fand
eine halbwegs geeignete Parkmöglichkeit.

- Aussteigen, sagte ich zu Sonja, wir nehmen das Taxi.
Sie stellte keine weiteren Fragen. Es dauerte nicht lange, bis wir
ein Taxi hatten. Sonja nannte dem Fahrer das *Ocean View*.

- Das ist aber nicht gut mit deinem Auto, sagte sie.

- Richtig, sagte ich, aber ich lasse es nicht am
Straßenrand sterben. Schaue später mit Tom vorbei. Der kennt
sich mit sowas aus.

Der Fahrer kämpfte sich durch den Feierabendverkehr. Das
Chaos brodelte, und irgendwie war ich fast froh, damit nichts
mehr zu tun zu haben. Die Taxiuhr tickte ihren Rhythmus. Es
würde teuer werden bis Nizza.

- Was machst du heute abend?, fragte ich Sonja.

- Ich habe schon eine Verabredung, sagte sie. Aber ich
würde dich gerne noch einmal treffen.

- Ich dich auch, sagte ich, gerade als wir vor ihrem Hotel
hielten.

- Morgen abend, ja!, sagte sie und ihr Kuß auf meiner
Wange war sehr zart.

Vierzehn

Nie war ihm das Aufstehen so leicht gefallen wie heute. Tom sprang mit einem Satz aus dem Bett. Mit einem zweiten war er an seiner Jeans und griff in die Tasche. Mit offenem Mund zog er die zerknitterten Scheine ans Licht. Schnell zählte er nach. Drei Riesen. Und der Rest stand noch aus. Damit ließ sich etwas anfangen. Tom stieg in seine Hose. Und obwohl sein Herz wie wild pochte, nahm er sich viel Zeit. In der Küche kochte er sich einen starken Kaffee. Serge und Nicky waren schon weg, stellte er mit einem Blick fest. Nach dem Gewitter hatten sie noch lange auf der Veranda gesessen und in die Sterne gestarrt. Eine innige Melancholie hatte zwischen ihnen gelegen, die keiner zerreißen wollte. Jede Generation hat ihre Lebenslüge, hatte Serge tief in der Nacht gesagt und dann wollte er ein wenig schlafen. Das war auch das Zeichen für Nicky und ihn gewesen, ins Bett zu kriechen.

Tom stellte das Radio an. Die Nachrichten brachten Neuigkeiten von irgendeinem Krieg. Schnell fand er seinen bevorzugten Musikkanal. Er goß sich noch eine Tasse Kaffee ein, zog ein sauberes T-Shirt an und ging. Die Stadt war voll und laut. Ein großes Fest wurde vorbereitet und überall hingen Fahnen und Wimpel. Im Hafen lagen mehr Yachten als sonst vor Anker, manche suchten Arbeiter. Aber Tom kümmerte sich nicht darum, er hatte die Taschen voller Geld. Doch mehr denn je interessierte er sich für die geparkten Schlitten. Man kann nie wissen, dachte er sich. Er warf einen Blick in das *Les Fous*, doch Maurice war nicht da. Tom überlegte, ob er auf ihn warten sollte, um seine Kohle zu fordern. Aber seine Sehnsucht nach Maria war stärker und die Zeit rannte wie nie zuvor und er wollte endlich alles klarmachen und diese Scheißangst loswerden und dass sie ihn in die Arme nahm. Er steckte sich eine Zigarette an.

Maria war nicht in ihrem Hotelzimmer. Tom klopfte mehrmals, aber niemand öffnete. Mißmutig streunte er in die Hotelhalle und setzte sich an die Bar. Bestimmt kommt sie gleich wieder, dachte Tom und bestellte sich einen trockenen Martini auf Eis. Er zahlte mit einem Tausender und die Laune der Kellnerin hob sich beträchtlich. Die Eiswürfel klickten im Glas. Tom gab ihr Trinkgeld, weil sie ihm einen tiefen Blick in den Ausschnitt gestattete. Aber es lenkte ihn nicht ab. Maria schlenderte in die Halle, als Tom beim zweiten Martini saß. Er genoß ihren Anblick. Ihre mädchenhafte Eleganz und den Schwung, mit dem sie zwei Stufen auf einmal nahm. Hey, sagte er und winkte ihr. Tom, rief sie. Ihre Lippen glänzten vor Freude. Sie gab ihm einen Kuß. Und er hatte den Eindruck, eine Libelle berühre seine Haut. Tom, sagte sie noch einmal, diesmal mit einem vorwurfsvollen Unterton. Ja, sagte er. Du bist gestern ohne ein Wort abgehauen, sagte sie, ich habe mir Sorgen gemacht. Tom lachte. Ein Lachen, perlend wie warmes Wasser. Entschuldige, sagte er, aber ich hatte etwas Wichtiges zu tun. Laß uns bitte auf dein Zimmer gehen. Hand in Hand durchquerten sie die Lobby bis zum Fahrstuhl. Im Lift schlang sie die Arme um ihn. Laß nicht los, sagte er.

Ich habe Geld und das ist erst der Anfang, sagte Tom, als er die Scheine auf den Tisch blätterte. Man konnte nicht sagen, dass Maria einen begeisterten Eindruck machte. Wieso auch, war doch Geld für sie noch nie ein Problem gewesen. Sie setzte sich zu ihm an den Tisch. Tom, sagte sie weich und zu vernünftig, woher hast du die ganze Asche. Aber Tom schwieg, das Gespräch nahm irgendwie eine andere Richtung, als er erwartet hatte. Gerechnet hatte er mit Luftsprüngen und Umarmungen und kleinen, geflüsterten Liebeserklärungen. Doch jetzt hörte es sich an wie ein Verhör. O.K., sagte Tom und stand auf. Unruhig ging er im Hotelzimmer auf und ab, steckte sich eine Zigarette an, nahm sich ein Bier aus dem Kühlschrank. Maria beobachtete ihn durchdringend. O.K., sagte Tom nochmal. Er formte seine Gedanken zu Worten und seine Gefühle zu Taten. Unendlich langsam griff er nach Marias Händen. Ich mußte gestern weg, weil ich ein Auto geklaut habe, dafür bekomme ich zehn Mille. Dreitausend als Anzahlung. Und ich werde auch noch weitere Aufträge für den Schieber erledigen. Das ist doch supertoll, oder? Toms Frage hing im Raum wie schlechter Atem. Das ist klasse, wiederholte er, damit es bestimmter klang. Mit den Fingern strich er über die Wunde an seinem Arm, die langsam vernarbte. Jetzt war es Maria, die sich eine Zigarette nahm. Ja, sagte sie zynisch, das ist echt toll. Nur für wen? Und für was? Maria, sagte Tom eindringlich und suchte ihren Blick. Ich will, dass du bei mir bleibst. Ich schaffe etwas Geld heran, habe ich dir versprochen und dann gehen wir zusammen weg. Es geht doch immer nur um uns.

Das Schweigen sagte alles. Es verschlang sie und als es sie wieder ausspuckte, waren sie erwachsener geworden. Die Welt der Großen hatte begonnen, ihnen alles zu nehmen. Wo sollen wir denn hingehen, fragte Maria und tief in ihr bäumte sich etwas auf. Ihre Hände waren feucht. Tom zuckte mit den Schultern. Wohin du willst, sagte er und zauberte Gewissheit in sein Gesicht. Und Stolz, denn davon hatte er im Überfluß. Ich liebe dich, sagte Maria. Und zu jedem anderen Zeitpunkt wäre dieses Geständnis vernichtend für Tom gewesen. Aber ich weiß nicht, ob wir das machen sollen. Sie legte ihre Arme um seinen Hals, sie küßte seine Lippen, seine Augen. Sie sank von ihrem Stuhl auf die Knie und schmeckte den Schweiß auf seiner Brust. Ich liebe dich, sagte sie nochmal. Es hörte sich gut an. Ich liebe dich, sagte Tom, sonst wäre sein Herz explodiert. Nach einer Ewigkeit lösten sie sich voneinander. Und nur weil er traurig war, hieß es nicht, dass er die Dinge zu ernst nahm. Tom griff nach seinem Geld und steckte es in die Tasche. Ich gehe jetzt, sagte er. Überleg es dir bitte. Maria nickte. Sie fing seinen Blick auf, wie andere Leute ihre Augen niederschlagen.

Fünfzehn

Ich stieg am Hafen aus und bezahlte das Taxi. Die Boote wiegten sich im Wellengang. Die Fähre nach Korsika legte gerade an einem Pier an. Ich überlegte, einen Tauchlehrgang bei einer der vielen kleinen Diver-Schulen zu buchen. Gerade hatte ich den Gedanken wieder verworfen, als ich Serge und Tom vor der Casba sitzen sah. Ich trat zu ihnen. Sie tranken Pastis und genossen die Sonne. Nadim brachte eine kleine Schale Oliven nach draußen. Ein Brief lag auf dem Tisch, er war an Serge adressiert.

- Hallo Nicky, begrüßte mich Nadim und rückte mir einen Stuhl an den Tisch. Die beiden anderen nickten mir zu. Sie schienen in Gedanken versunken. Was möchtest du trinken?
Ich bestellte bei Nadim einen Kaffee, sofort verschwand er in der Bar. Der Nachmittag döste geradewegs dahin. Nadim stellte den Kaffee vor mich und ich dankte ihm. Ich wollte Tom die Geschichte mit meinem kaputten Auto erzählen, sparte es aber für einen Moment auf, an dem er weniger mit sich selbst beschäftigt sein würde. Er hatte die Augen geschlossen. Ich machte mir eine Gauloises an. Serge brach das Schweigen.

- Ich war heute an meinem Postfach, sagte er. Seine Hand spielte mit dem Briefumschlag.
- Neal hat geschrieben.
- Dein Sohn, fragte ich wie zur Bestätigung.
- Ja, antwortete Serge. Mit einer Bestimmtheit, als ginge es um seinen letzten Willen. - Mein Sohn Neal. Behutsam zog er das eng beschriebene Papier aus dem Umschlag und faltete es auseinander. Tom schlug die Augen auf und beobachtete seinen Großvater. Nadim setzte sich ohne ein Wort zu uns. Das Holz des Stuhls knarrte in die Stille.

- Hört zu, sagte Serge fröhlich. Seine Züge waren mild. Seine Stimme bekam einen pathetischen Klang.

Lieber Serge,
ich wohne jetzt schon seit zwei Monaten in New
York. Ich habe ein günstiges kleines Zimmer in
der Lower East Side gefunden, wenn Dir das
etwas sagt.

Es geht mir gut. Endlich habe ich Denver hinter mir gelassen. New York bietet mir die besseren Chancen.

Meine besten Bilder sind bei einem Brand draufgegangen. Es war ein blöder Zufall, so wie eigentlich immer. Vicky (Du erinnerst Dich an sie) und ich stritten uns wieder bis auf's Blut. Dabei passierte es. Irgendwie fiel eine Kerze um, natürlich in eine winzige Lache Lösungsmittel, blitzschnell stand die Leinwand in Flammen. Und den Rest malst Du Dir besser aus. Ich will nicht mehr daran denken. Vicky geht es gut. Wir haben uns endlich getrennt, sie lebt jetzt in L.A. und dreht Pornovideos. Sie meint, als ernsthafte Schauspielerin hätte sie so verdammt oft mit Regisseuren, Produzenten, Schauspielern und anderen Filmflitschen ficken müssen, dagegen seien Pornos ehrliche Arbeit.

Irgendwie kann ich sie verstehen.

Tagsüber arbeite ich für eine Umzugsfirma. Davon lebe ich. Nachts arbeite ich an meinen Bildern. Ich fange ganz neu an. Neue Technik. Neue Farben. Bald schicke ich Dir einige Fotos. Sogar eine kleine Galerie im East Village interessiert sich für meine Sachen. Vielleicht kann ich dort ausstellen. Vom East Village bis nach Soho ist es zwar noch ein weiter Weg (zu Fuß nur wenige Blocks), aber auch ein neuer Anfang. Jedenfalls bewege ich mich noch immer. Ich kenne auch die Richtung. Und oft denke ich an Dich. Weißt du noch den Tag, als du sagtest: Wer auf nichts zielt, wird mit Sicherheit treffen. Ich erinnere mich, als sei es gestern gewesen. Ich war unsicher und so unzufrieden. Mit meiner Malerei, mit dem Mädchen und dem ganzen verdammten Leben. Mit diesem Satz hast du mich auf meinen Weg gestoßen und ich bereue nichts. Auch wenn die Zeiten gerade mal wieder nicht rosig sind. Mein Vater, ich hoffe Du bist

Serge ließ das Blatt sinken. Seine Hand zitterte für einen winzigen Moment. Um seinen Mund spielte ein seltsamer Zug, aus Besorgnis wurde Bedachtsamkeit. Nadim stand auf wie er gekommen war. Wortlos. Gleich darauf brachte er frische Drinks für uns nach draußen.

- Du hast mir nie erzählt, warum Neal weggegangen ist, sagte Tom und betrachtete Serge über den Rand seines Glas.

- Wie alt warst du damals, fragte Serge. Tom lachte belustigt.

- Vor fünf Jahren war ich zwölf, wenn du es nicht mehr weißt, sagte er.

- Natürlich weiß ich es, sagte er, aber in dem Alter habe ich dir ganz andere Sachen erklärt!

- Dann sag's mir jetzt, forderte Tom, seine Augen waren schmal geworden. Alles an ihm wirkte konzentriert. Ich griff nach den Zigaretten. Tom kam mir um Fingerbreite zuvor.

- Also gut, sagte Serge. Es war ein Morgen im Juli, als er mit seinem Seesack vor mir stand und Lebewohl sagte. Er hatte als Matrose auf einem Schiff angeheuert. Ich war nicht überrascht gewesen, und vielleicht spürte ich es bereits vorher. Damals hatte er gerade seine Bilder in einer angesagten Galerie in Cannes ausgestellt und galt bei Insidern als vielversprechender junger Maler. Aber er war mit diesem Mädchen zusammen, die ihn am liebsten auf der Stelle geheiratet hätte. Doch Neal bewegte sich jeden Tag wie ein Tiger im Käfig. Er wollte etwas zu Ende bringen und fand sich immer ganz am Anfang von Nichts wieder. Und das nur, weil er immer die Spiele der anderen mitspielte. Nie sein eigenes. Dann verließ ihn plötzlich seine Freundin. Sie hatte ihn wohl vor die Wahl gestellt. Er gefiel sich in Selbstmitleid. Aber heute weiß ich endlich, dass er eigentlich sein ganzes Leben lang vor den Frauen weggelaufen ist.

Serge endete. Seine Sätze versickerten wie Wasser auf dem Feld, doch noch immer starrten wir ihn an. Wir sogen jeden seiner

Atemzüge tief in unsere Lungen und es gab uns Kraft. Er hatte diese Gabe, selbst mit einem Satz Paläste der Phantasie zu schaffen. Tom trank einen Schluck Pastis.

- Naja, sagte er lapidar, es ist immer gut zu wissen, wann man sich umdrehen sollte.

Serge legte seine Hand auf Toms Arm und drückte kurz und fest.

Sechzehn

Das *Les Fous* war kein gutes Restaurant, dafür aber teuer. Auf den ersten Blick hätte es auch ein Blumenladen sein können, denn bestimmt dreißig große, exotische Pflanzen verteilten sich über den Raum. Dazwischen standen Eisentische mit Marmorplatten und zwei schlechtgelaunte Kellner. Spezialität des Hauses waren unaussprechliche Menüfolgen von Meeresfrüchten. Tom jedoch begnügte sich mit einer Portion Spaghetti und etwas Wein. Ihm gegenüber saß Maurice und schleckte Vanilleeis mit Erdbeersoße. Geschäftsessen sind eigentlich das Beste am ganzen Geschäft, sagte Maurice und ließ sich das Eis auf der Zunge zergehen. Das Essen ist mir scheißegal, sagte Tom. Mit der Serviette wischte er sich um den Mund. Er wollte endlich die restlichen Scheine sehen.
Maurice schüttelte den Kopf in einer Weise, als habe er vergleichbare Situationen schon hundertfach erlebt. Diese Geste hängt den Profi höher und macht den Anfänger zum Stümper, der mal wieder nichts verstanden hat. Tom wußte das.
Warum immer so mißtrauisch, fragte Maurice. Weil du mir etwas schuldest, sagte Tom. Seine Stimme klang fest und bestimmt. Er haßte es, hinter Geld herzulaufen, was ihm zustand. Wieviel es auch sein mochte. Er traute Maurice keinen Meter über den Weg, aber bei dem Deal stand Tom als Letzter in der Reihe. Kein Problem, du bekommst deine Asche, sagte Maurice, leider habe ich gerade nicht soviel Geld dabei. Irgendwie hatte Tom es nicht anders erwartet, dafür zog sich das Gespräch schon zu lange hin. Er ließ sich zurücksinken, streckte seine Beine unter dem Tisch aus und wartete einfach. Der Kellner kam und räumte gelangweilt das Geschirr ab. Maurice bestellte zwei Kaffee. Wir brauchen dringend einen Offroad Jeep, irgendeinen, sagte Maurice. Er ließ drei Stücke Zucker in seinen Kaffee fallen. Tom trank ihn lieber schwarz. Du bringst den Wagen und bekommst dann das Geld. Den Rest und noch zehn Scheine für die neue Lieferung. Das Angebot war weder verlockend noch großzügig, aber was blieb Tom übrig, wenn er sein Geld nicht in den Wind schreiben wollte. Und da war auch noch Maria. Als er einwilligte, spürte er dieses stumpfe Gefühl in der Magengegend. Und so schlecht waren die Spaghetti nicht gewesen.

Auf der Straße fühlte er sich besser. Wenn auch der Zorn nur langsam abflaute. Wie immer, wenn er in der Stadt war und nicht wußte, was er tun sollte, steuerte Tom die *Bar Americain* an.
Nur wenige Leute saßen an den Tischen und tranken. Tom bestellte sich bei Edgar an der Bar ein großes Bier. Beide kannten sich seit der Grundschule. Edgar war der Sohn des Kneipenbesitzers, schon als kleiner Junge hatte er immer ausgeholfen und seine Zukunft stand nie in den Sternen. Heute geht's mir scheiße, antwortete Tom auf seine Frage. Und dann nahm er das Bier und setzte sich nach draußen. Die Sonne blendete, obwohl es auf den Abend zuging. Tom griff nach seiner Sonnenbrille, um es erträglicher zu machen. Er zog ein Päckchen Gauloises aus der Tasche und steckte sich eine Kippe an. Die Sache mit Neal ging ihm durch den Kopf. Vielleicht ist Flucht auch eine Möglichkeit, gerade zu stehen, dachte er. Aber irgendwie entsprach es nicht seiner Vorstellung von der Ästhetik des Lebens. Und doch spielte er mit dem Gedanken, alles hinzuschmeißen. Nicht die Spiele der anderen mitspielen, hatte Serge gesagt. Dieser Satz hatte sich ihm in die Stirn geritzt, und Maurice sollte zum Teufel gehen. Dieses eine Auto noch; zum guten Schluß. Dann würde er anfangen, nur noch an seine eigenen Prophezeiungen zu glauben. Tom bestellte ein zweites Bier bei Edgar. Sein Blick fiel auf ein elegantes Pärchen mittleren Alters, das sich offensichtlich einige Stunden durch diverse Boutiquen geschlagen hatten. Der Typ trug Tüten edler Läden an einem Arm, den anderen Arm bot er der Frau. Es bereitete ihnen sichtlich Mühe, so über den schmalen Gehweg zu flanieren, aber sie schienen es auch nicht eilig zu haben. Vor der Bar blieben sie kurz stehen, warfen einen interessierten Blick hinein und wechselten Worte, die Tom nicht verstehen konnte. Endlich steuerte die Frau auf die *Bar Americain* zu und setzte sich an die Theke. Ihr Mann brachte die Tüten zu einem schmucken Jeep, vielleicht dreißig Meter weiter auf der gegenüberliegenden Fahrbahn, und kam zurück. Tom begann, sich eingehender für die Situation zu interessieren. Er glaubte das Schicksal auf seiner Seite und fühlte seinen Pulsschlag an den Schläfen pochen. Das Paar hatte zwei Cocktails bestellt und unterhielt sich angeregt. Tom sah den Wagenschlüssel auf der Bar liegen. Er ging hinein und wartete hinter einer Zeitung auf seine Chance. Edgar putzte

über Tische und rückte die Stühle gerade. Dann trieb den Mann seine Blase auf's Klo. Mit nichts anderem hatte Tom gerechnet. Gemächlich faltete er die Zeitung zusammen, legte sie auf die Theke, griff nach dem Wagenschlüssel, grüßte Edgar und ging. Die Frau hatte nichts geblickt. Und bevor jemand etwas merkte, würde Tom schon weit weg sein.

Er schloß den Jeep auf und startete. Der Motor schnurrte, schnell war Tom von der befahrenen Küstenstraße auf kleinen Seitenwegen gelandet. Er mußte an einem Bahnübergang halten, um einen schlingernden Zug vorbeizulassen. Aber das bereitete ihm keine Sorgen. Wie zufällig entdeckte er im offenen Handschuhfach eine kleine Damenhandtasche. Tom wußte, dass es sich nicht gehört, in Damentäschchen zu wühlen. Aber bevor Maurice das tut, dachte er und schüttete alles auf den Sitz. Zwei Tampons, eine Schachtel Zigaretten, Feuerzeug und ein Reisepaß fielen heraus. Tom schlug desinteressiert den Reisepaß auf und sah in Marias Gesicht. Maria Manuela Gomez Santos. Die Bahn war längst vorbei, als Tom endlich weiterfuhr. So eine Scheiße, dämmerte es ihm und er wendete bei der nächsten Gelegenheit. Warum muß ausgerechnet mir so etwas passieren, fragte er sich, ballte die Faust und versetzte dem Lenkrad einen Tiefschlag. Am Horizont leuchtete die Sonne in einem gleißenden Rot. Bald würde sie ins Meer fallen. Auf Umwegen fand Tom nach Nizza zurück und gelangte auf Seitenstraßen zum *Ocean View*. Dort stellte er den Jeep ab und versenkte den Schlüssel im Handschuhfach. Seine Beine waren schwer, als er zum Hotel schlurfte. In der Lobby traf er Maria. Sie war sehr aufgeregt und das erste, was sie zu ihm sagte war: Sie haben unser Auto geklaut, ausgerechnet wo wir morgen fahren wollen. Tom nahm sich eine Sekunde zum Schlucken. Wieso, sagte er gelangweilt, der Wagen steht doch vor der Tür.

Siebzehn

Es wird mir für immer ein Rätsel bleiben, aber irgendjemand hatte aus meinem Wagen eine Schachtel Gauloises und *The River*, meine Lieblingscassette von Springsteen geklaut. Die Klamotten und anderen Lumpen auf dem Rücksitz waren wild durcheinandergeworfen, doch auf den ersten Blick fehlte nichts. Im Fenster der Fahrertür klaffte ein breites Loch. Scherben lagen auf dem Sitz.

- Da war schon einer vor uns hier, sagte der Mechaniker und öffnete die Motorhaube. Er zuckte bedauernd mit den Schultern. Ich hatte ihn engagiert, um das Auto wieder flott zu machen. Aber was mich wirklich ärgerte, war das geklaute Tape. Allerdings, ein Dieb der Springsteen mag, kann kein ganz schlechter Mensch sein, dachte ich mir.

- Nicht gut, sagte der Mechaniker und zog seinen Kopf aus dem Motorraum. Seine Stirn lag in Falten. Ich schleppe die Mühle erst einmal in die Werkstatt.
Noch bevor ich etwas sagen konnte, hatte er die Motorhaube zugeschlagen und holte ein Abschleppseil aus dem Kofferraum.

- Was wird's kosten, fragte ich beiläufig. Ich war nicht bereit, mich für den Wagen zu ruinieren. Wieder zog er die Schultern hoch.

- Kann ich noch nicht sagen. Ich muß das in der Bude durchchecken. Scheinbar war nicht mehr aus ihm rauszuholen. Ich setzte mich also ans Steuer, nachdem ich die meisten Scherben entfernt hatte. Als er das Seil befestigt hatte, rollte ich hinter seinem Wagen durch den zähen Verkehr. Seine Werkstatt war ein winziges, schmieriges Loch mit Oberlicht und einer Hebebühne. An den Wänden hingen Schraubenschlüssel und andere Werkzeuge. Ich solle mich in zwei Tagen wieder blicken lassen, sagte er. Ich half ihm, den Wagen in die Halle zu schieben.

Es war spät geworden und dämmerte bereits. Für meine Verabredung mit Sonja war ich schon leicht überfällig, also legte ich einen Schritt zu. Wir wollten Essen gehen. Erst vor dem Hotel fiel mir auf, dass ich einen schmierigen Fleck Öl an meine Jeans bekommen hatte. Sonja wirkte dagegen wie aus dem Ei

gepellt. Sie küßte mich auf beide Wangen und bat mich noch kurz
in ihr Zimmer.

- Du bist spät, sagte sie und wirbelte durch den Raum
auf der Suche nach Lippenstift.

- Ich weiß, sagte ich und erzählte ihr die Geschichte mit
dem Wagen. Sonja lachte.

- Das Auto meiner Eltern war heute auch für kurze Zeit
verschwunden, sagte sie, aber dann stand der Jeep wieder vor
dem Hotel. Ich glaube ja, dass die Alten bald durchdrehen. Oder
macht das etwa Sinn: ein Auto klauen, spazierenfahren und ihn
dann wieder vor dem richtigen Hotel parken?
Sie schüttelte belustigt den Kopf. Ich mußte auch schmunzeln.
Sachen gibt's, dachte ich und drückte mich auffällig am
Kühlschrank herum.

- Nimm dir schon ein Bier, sagte Sonja, während sie den
Lippenstift auftrug. Ich griff mir eine Flasche und begann, die
Reize des Abends auf mich wirken zu lassen.

- Wo wollen wir denn hingehen, fragte ich zwischen
zwei Schlucken. Aber sie schien es nicht verstanden zu haben.
Also versuchte ich es eine Spur lauter.

- Ich dachte an ein süßes Restaurant an der
Küstenstraße Richtung Cannes. Es ist wirklich nett und das Essen
ist sehr gut.
Sie stand vor mir und leuchtete in allen Farben. Ihre Lippen blaß
violett, ihre Wimpern blauschwarz und ihre kurzen dunklen
Haare rahmten die braune Haut. Ich pfiff anerkennend durch die
Lippen.

- Nehmen wir ein Taxi, Gent, sagte sie mit gespielt
verrauchter Stimme.

Es war nur eine Fahrt von vielleicht drei Kilometern, bis wir vor
dem Restaurant ausstiegen. Sonja bewies Geschmack. Es war ein
kleiner, verwinkelter Raum, von Kerzen erhellt. Im vorderen
Bereich saßen einige alte Männer an der Bar und genehmigten
sich Rotwein. Der Wirt begrüßte uns mit Handschlag, und hielt
Sonjas bestimmt eine Sekunde länger als meine. Er führte uns an
einen der hinteren Tische und reichte die Speisekarte.

- Ein feines Lokal, sagte ich und griff nach dem Brot.
Sonja schaute von ihrer Karte auf.

- Hat Stil, ich weiß, sagte sie.

Wir entschieden uns beide für das Tagesmenü und bestellten auch eine Flasche Rotwein. Draußen war es dunkel geworden, angenehm frische Luft zog durch das offene Fenster. Neue Gäste kamen und wurden in den Nischen des Zimmers fast unsichtbar. Die gedämpfte Atmosphäre legte sich wie ein Rausch über uns. Der Wirt brachte den Wein und goß uns ein. Wir stießen an und tief in Sonjas Augen sah ich zum erstenmal Verzweiflung aufblitzen, die sie an dicke Ketten gelegt hatte.

- Wir fahren morgen früh nach Hause, sagte sie wie zu sich selbst, ich fand es sehr schön hier.

Als ich ihr wieder in die Augen blickte, war die Kerkertür wieder geschlossen. Sie erwartete keine Antwort, mir wäre auch keine eingefallen. Ich saß hier einfach so mit dem Mädchen, ich genoß es, aber plötzlich spürte ich meine Sprachlosigkeit wie eine schwere Behinderung. Bevor ich an die Cote d'Azur kam, hatte ich das Reden, vor allem mit Mädchen, fast verlernt. Mir fehlte die Leichtigkeit und mir fehlte die Abgeklärtheit. Ich sprach Worte und wußte, es sind Vokabeln. Klar, ich plauderte mit ihr über kleine Nichtigkeiten, aber das war billig und vor allem langweilte es mich zutiefst. Was Serge wohl in dieser Situation tun würde, fragte ich mich. Die Antwort lag auf der Hand: er wäre einfach da, schon damit hätte er genug erzählt und jedes Wort von ihm wäre ein Leckerbissen. Unser Essen kam, ich nahm den Mund voll Zwiebelsuppe, sie schmeckte ganz ausgezeichnet. Sonja hing ein Tropfen am Kinn, ich reichte ihr eine Serviette, aber sie hatte schon den Handrücken genommen.

- Was glaubst du, wird aus Tom und Maria, fragte ich, als sie mit ihrer Suppe fertig war. Sonja zuckte mit den Schultern.

- Sie sind noch jung, sagte sie, als wäre das alles, was zur ersten großen Liebe zu sagen bleibt. Die ganze Scheiße eingeschlossen.

Ich bohrte nicht weiter und ging zur Hauptspeise über. Tom würde es mir schon erzählen.

Als wir das Restaurant verließen, leuchteten die Sterne am Himmel. Eine helle, klare Nacht und statt einem Rätsel sah ich nur noch große krumme Fragezeichen im Leben. Oder war ich nur blind gegenüber der Wirklichkeit anderer? Sonja griff nach meiner Hand, um mich über die Straße zu ziehen. Wir kletterten über die Betonmauer der Promenade und landeten am Strand.

Nach einigen Metern ließ ich mich in den Sand fallen. Er war noch warm, die Wellen rauschten sachte gegen die Küste. Sonja setzte sich neben mich. Ich legte den Kopf auf ihre Beine und sie strich mit den Fingern durch meine Haare. Ich liebte diesen Moment, denn er war bereits der schöne Anfang von einem nahen Ende. Ihre Bewegung war geschmeidig und gezielt. Erst recht, als ihre Hand unter das Shirt glitt und meine Brust berührte.

    - Wirst du mich mal besuchen, in Spanien, fragte sie.

    - Nein, sagte ich zögernd, nein, ich glaube nicht.

Und wußte im gleichen Moment, dass es die einzig mögliche Antwort war. Als ich die Augen schloß, sah ich Manuelas lachendes Gesicht vor mir, aber es war Sonja, die mich küßte. Ich öffnete die Lippen, ich schmeckte ihren Atem und spürte ihre Zunge. Ich hielt ganz still, obwohl mein Puls bebte. Dann legte ich meine Arme um sie und entdeckte ihren Körper zentimeterweise. Es war mehr neugieriges Suchen als blanke Erregung. Ich schloß wieder die Augen und Manuelas Gesicht war nicht mehr da, ihr Bild hing nicht mehr an der Wand. Diese Leere machte mich froh. Die Küsse machten mich frei, das hoffte ich jedenfalls. Sonjas fordernde Berührungen nahm ich wie bittere Medizin und versuchte dabei gleichzeitig, alle Liebe durch diese Fingerspitzen zu saugen. Ich gab ihr Kraft und begann, ihre Verzweiflung zu füttern. Vielleicht lagen wir Stunden so, bevor wir endlich alle Klamotten von uns warfen. Ganz langsam stieg sie auf mich, noch langsamer glitt ich in sie. Und irgendwann fand sie ihren eigenwilligen Rhythmus, den ich nur durch leichte Stöße unterstützte. Eine seltsame Harmonie der Muskeln, eine glatte, hymnische Einsamkeit. Ihr kleiner Busen wippte den Takt und wenn ein Luftzug über unsere Körper strich, wurden ihre Nippel noch fester. Ich fühlte die Schweißtropfen auf ihrer Haut und feine Sandkörner schmirgelten fast bis auf die Knochen. Dann bäumte sie sich auf, ihr klagender Schrei verlor sich in der Nacht wie Wolfsgeheul. Sonja sank zitternd in meine offenen Arme. Ihr Atem an meinem Ohr wurde gleichmäßiger. Und mein Herz hörte auf, mir bis zum Hals zu schlagen. So gut es ging, zog ich die Klamotten über uns.

Als ich erwachte, dämmerte der Morgen. Die Sonne, die Luft und das Wasser bereiteten sich auf einen frischen Tag vor. Das Meer schimmerte grünlich in den letzten Strahlen der Nacht. Sonja lag noch immer auf mir und schlief mit ruhigen Zügen. Ein Shirt war von ihrem Rücken gerutscht, ich zog es wieder über sie. Dann brach die Sonne über den Horizont herein und endlich sah ich, wovon Serge geschwärmt hatte. Von einem brandneuen Tag. Die weißen Schaumkronen glitzerten in den ersten Strahlen der Morgensonne, und das moosige Grün des Meeres wurde ein tiefes, dunkles Blau wie aus dem Farbkasten. Es war erregend und betäubend zugleich. Der Mond wurde blaß und ich wieder müde. Ich schaffte es so gerade noch, Sonja zu küssen.

Achtzehn

Wie betäubt folgte er Maria durch die Hotelhalle. Morgen, morgen schon, hallte es durch Toms Kopf und er war weit davon entfernt, einen klaren Gedanken zu fassen. Maria zog ihn mehr als dass er ging, nur deshalb erreichten sie den Fahrstuhl in einer angemessenen Zeit. Als er endlich in einem Sessel auf ihrem Zimmer saß, war er ganz ruhig. Tom wunderte sich selbst, dass er nicht durchdrehte, dass es nur kalte Wut war, die merklich hochstieg. Wenigstens hätte er eine Flasche an die Wand knallen können, dachte er bei sich. Maria stand am Fenster und schaute in die Dunkelheit. Den Tag über hatte sie mit Grübeln verbracht, als ihre Eltern die Sache mit dem Jeep erzählten, hatte sie es nur wie durch Watte wahrgenommen. Ihre Aussichten drehte sie herum wie Glasperlen in der Hand, keine wollte sie verlieren. Tom, sagte Maria, ich fahre morgen mit meinen Eltern nach Hause. Ich kann nicht hier bleiben, selbst wenn ich es wollte. Sie warf einen Blick auf ihn, aber diese enttäuschten Straßenköteraugen waren doch zuviel für sie. Ich dachte immer, zu Hause ist da wo man sich wohlfühlt, sagte Tom und verschränkte die Arme hinter seinem Kopf. Er wollte nicht, dass sie sein Zittern bemerkte. Er dachte an ihre Worte. Ich liebe dich, hatte sie gesagt, aber es war wohl nicht mehr gewesen als ein gutgemeintes Versprechen. Oder doch nur eine Laune? Er wußte es nicht. Er hatte an Aussagen immer nur die unmißverständliche Klarheit geschätzt. Versteh mich bitte, bat Maria eindringlich und kniete sich neben ihn. Tränen traten in ihre Augen. Wie soll ich es denn verstehen, wenn dich der Mut verläßt, fragte Tom. Maria hatte ihre Hand auf sein Bein gelegt, Nägel bohrten sich durch die Jeans. Tom stand auf, um sie abzuschütteln. Er nahm sich ein Bier aus dem Kühlschrank und öffnete es an der Tischkante. Es schäumte und lief über seine Finger. Ich kann doch nicht alles hinschmeißen, sagte Maria und kaute nervös an den Fingernägeln, ich will nächstes Jahr studieren, meine Eltern wollen mir eine Wohnung einrichten, aber wir können doch trotzdem zusammenbleiben. Tom nahm einen Schluck Bier, langsam kehrte seine Kraft zurück. Er hatte den tiefsten Teil des Tals durchschritten, dachte er. Jetzt wollte er nicht mehr reden. Wenn du nicht einmal aufgeben kannst, was du noch gar nicht hast, sagte er und war mit zwei Schritten an der Tür. Tom warf ihr noch einen Blick zu. Es lag Enttäuschung darin und Entschlossenheit. Ich hätte alles gewagt, sagte er und knallte die Tür hinter sich zu.

So eine verdammte Scheiße, dachte Tom, als er die Straße runterlief. Er kickte wütend gegen eine Coladose. Die Nacht war sehr mild, die Straßenlaternen warfen ein milchiges Licht. Tom fühlte sich schlecht. Liebe schlägt auf den Magen, dachte er sich und kotzte in die Blumenrabatten am Weg. Den Mund wischte er mit dem Shirt ab. Danach ging es ihm besser. Er war froh, hier, wo ihn keiner sah, die Schultern hängen zu lassen. Dann wischte er sich eine Träne aus dem Augenwinkel und zog kräftig die Nase hoch. Er wollte jetzt allein sein, am besten unter möglichst vielen Menschen. Je mehr, desto besser würde er die Einsamkeit spüren. Das Mädchen würde er durch den Alkohol nicht vergessen, aber es war auch nicht sein Ziel. Tom rannte den halben Kilometer bis zu seiner Bar, seine Lungen pumpten Luft durch den trockenen Hals, sein Puls peitschte durch die Adern. Vor der Kneipe mußte er sich erst etwas coolen, bevor er hineinging. Er zog eine Gauloises aus seiner Tasche und steckte sie an. Nach drei Zügen wagte er sich an die Theke und bestellte einen Tequila Boom Boom. Tom schlug das Glas auf den Tisch, das Zeug schäumte bis zum Rand. Er kippte es runter und bestellte sich einen neuen Drink. Erst jetzt musterte er vorsichtig die Leute. Der Laden war recht voll, hübsche Mädchen, die ihn nicht interessierten. Und für die Kerle hatte er auch nur traurige Blicke über. Tom legte einen Tausender auf den Tisch, Edgar brauchte nur abziehen und weitere Tequila bringen. Und er würde bestimmt auch noch mehr für Tom tun. Warum sticht das so tief, fragte sich Tom, zwischen Rauchen und Trinken. Er fand keine Antwort, nur Edgar, der eine Hand auf seinen Arm legte. Alles klar, alter Junge, fragte er besorgt. Ja, sagte Tom, alles klar wie ein Schlag in die Fresse, hat verdammtnochmal gesessen. Der nächste Boom Boom ging auf Kosten des Hauses. Er trank ihn so schnell wie die anderen. Am nächsten Morgen wußte er nicht einmal, wie er nach Hause gekommen war. Aber es war ihm egal, wenigstens hatte es nicht mehr so weh getan.

Neunzehn

Als wir aufwachten, stand die Sonne schon recht hoch. Sonja gähnte und blinzelte müde in das gleißende Licht. Ich reckte mich etwas, um meine verspannten Muskeln in Schwung zu bringen. Dann suchte ich bedächtig meine Klamotten zusammen, Sand rieselte von meinem Rücken. Sonja stieg langsam in ihre Jeans. Sie hatte noch Probleme mit dem Gleichgewicht, machte aber selbst wankend eine verdammt gute Figur.

- So ein Mist, sagte sie nach einem Blick auf die Uhr, es ist schon kurz nach neun. Wir fahren doch heute morgen. Ich brummte etwas mißbilligendes, während sie hektisch wurde.

- Los, beeil dich, sagte sie und knöpfte ihre Bluse zu, ich muß los. Also legte ich einen Gang zu.

Das Taxi fuhr uns in wenigen Minuten zum *Ocean View*. Ihre Eltern waren bereits dabei, den Wagen zu packen. Auch Maria brachte gerade ihre Taschen aus dem Hotel.

- Sonja, hol deine Sachen aus dem Zimmer, aber schnell, rief ihr Vater unfreundlich. Mich würdigte er keines Blickes. Ich ging hinter Sonja her, um ihr Tragen zu helfen. Sie hatte schon fast alles in zwei Taschen verstaut, den Rest warf sie ungeordnet hinein. Während ihr Vater die Sachen einpackte, stand ich ziemlich dumm mit Sonja und Maria vor dem Hotel. Wie Abschiede halt sind, ich war merkwürdig verlegen. Eigentlich hatte ich Tom hier erwartet und schaute auch die ganze Zeit auf der Straße nach ihm. Aber es wird einen triftigen Grund geben, das er nicht kommt, dachte ich. Und ahnte auch schon welchen.

- Ciao, sagte Sonja, nahm mich kurz in den Arm und gab mir einen flüchtigen Kuss auf die Wange. Vielleicht sehen wir uns ja doch noch wieder.

- Ja, sagte ich zurückhaltend, schon möglich. Dann wand ich mich aus ihrem Arm.

- Kommt gut heim, sagte ich und wollte mich schon umdrehen.

- Warte, sagte Maria, sie hielt mich am Arm fest. Sag Tom bitte, dass ich ihn nie vergessen werde. Und gib ihm das hier. Sie drückte mir einen fleckigen Briefumschlag in die Hand.

- Machst du das, fragte sie, Kummer lag in ihren Zügen.

- Natürlich, sagte ich fest und brachte es fertig, sie aufmunternd anzulächeln. Dann ging ich und schaute auch nicht mehr zurück.

Tom saß am Tisch und rauchte. Er hatte ein fettes Pflaster auf der Stirn, rasieren mußte er sich auch mal wieder. Serge kochte gerade Kaffee, als ich in die Küche kam.

- Guten Morgen, sagte er ernst und goß heißes Wasser auf den Filter. Tom nickte mir schweigsam zu, ich setzte mich zu ihm an den Tisch.

- Was hast du am Kopf gemacht, fragte ich und betrachtete die Stelle unterhalb seines Haaransatzes. Er wischte sich über die Augen.

- Keine Ahnung, sagte er, ich war nicht dabei.
Serge stellte Tassen mit starkem Kaffee vor jeden, dann setzte er sich zu uns.

- Ich habe ihn heute morgen auf der Veranda gefunden, sagte Serge, ist aber nur eine leichte Platzwunde. Hat ordentlich geblutet und gestunken hat er wie eine Herde Brüllaffen.
Ich konnte mir ein Schmunzeln nicht verkneifen, obwohl mir der Ernst der Lage durchaus bewußt war. Also klaubte ich den Brief aus meiner Tasche und legte ihn vor Tom.

- Von Maria, sagte ich. Er schaute von seinem Kaffee auf und blickte mich tranig an.

- Hast du sie noch gesehen, fragte er. Ich nickte. Heute Nacht habe ich mit Sonja geschlafen, und dann sind sie gleich morgens abgereist. Er griff sich den Umschlag und betrachtete ihn lange. An Tom, stand darauf. Endlich riß er das Papier auf und laß uns die wenigen Zeilen vor:

Lieber Tom,
die Zeit mit dir war zu schnell,
die Liebe zu schön, und die Konsequenz
zu romantisch für mich.
Vielleicht bekommen wir noch
unsere zweite Chance.

Tom verzog keine Miene. Er faltete das Blatt sorgfältig zusammen und steckte es in die Tasche. Serge stand auf und trat an die Verandatür.

- Mein Glück ist, dass sich in meinem Leben nichts mehr um Frauen dreht, sagte er und starrte nach draußen. Tom ging zu ihm und legte eine Hand auf seine Schulter.

- Serge, sagte er, du hast mir nie beigebracht, in den Zwängen von anderen zu leben. Nur, dass ich nicht mehr erwarten darf, als ich auch von mir selbst unbedingt verlange.

- Das ist wahr, antwortete er, aber du mußt auch wissen, dass nicht jeder Verlust ein Treuebruch ist.

Er löste sich von Tom und ließ sich in seinem Schaukelstuhl auf der Veranda nieder. Tom setzte sich ihm gegenüber. Ich stand auf und brachte uns noch eine Ladung Kaffee nach draußen. Die Mittagssonne brannte, sie machte mich schläfrig.

- Manchmal ist es die einzige Möglichkeit, wirklich zueinander zu finden, sagte Serge. Seine Hände umspannten die Tasse, als wollte er sich wärmen. Dann griff er nach einer Zigarette. Tom gab ihm Feuer.

- Die ganz großen Sachen wachsen sehr langsam. Ein nachdenkliches Schweigen überfiel uns. Tom brütete vor sich hin. Ich spürte, dass er die Entscheidung suchte zwischen Vergessen oder Folgen. Und dabei war er ganz allein.

- Wann weiß man, ob es eine ganz große Sache ist, fragte ich Serge. Er blickte mich an und lächelte überzeugend.

- Wenn du fest daran glaubst, ohne eine Sicherheit zu haben.

Aus seinem Mund klang es so selbstverständlich, so klar und prägnant. Doch bei mir hatte ich den Eindruck, irgendwo war der Glaube auf der Strecke geblieben. Ein Freund hatte es mir so erklärt: ob ich dir heute oder in zehn Jahren die Nase breche, das Gefühl bleibt gleich. Nur wie du damit umgehst, ändert sich. Und wie du den Schmerz empfindest. Ich fand es sehr einleuchtend. Als ich aufblickte, schaute ich in Serges grüne Augen. Er hatte sich vornübergebeugt und trat die Kippe auf dem Holzboden aus.

- Nicky, sagte er, pass auf, dass du nicht Neals Fehler machst. Er war immer auf der Flucht vor etwas, was allerdings auch eine Einstellung zum Leben ist.

Einige graue Haare hingen Serge in die Stirn, irgendwie wirkte er erschöpft, vielleicht hatte er schlecht geschlafen, dachte ich mir.

- Such dir einen guten Standpunkt, von dem aus du die Welt betrachtest, sagte er. Aber sei nicht selbst der Standpunkt, sonst verlierst du den Blick auf dich.

Er lehnte sich wieder in seinem Schaukelstuhl zurück und trank den letzten Schluck Kaffee.

- Haben wir noch etwas Kaffee, fragte er. Tom stand auf und ging in die Küche. Er kam mit der Kanne zurück und füllte Serges Tasse nach.

- Mir schuldet noch einer Geld, sagte Tom, ich werde mal losgehen und es eintreiben. Serge blickte ihn mißtrauisch an.

- Wieviel ist es, fragte er. Tom wand sich etwas, war aber schon in die Falle gegangen.

- Naja, einige Tausender, aber sie stehen mir zu. Er versuchte ein trotziges Lächeln. Doch jetzt schaute Serge ihn noch durchdringender an.

- Ist nicht ganz sauber die Sache, mmhh?
Tom schüttelte verhalten den Kopf.

- Nein, sagte er, aber ich bin auch schon wieder draußen. Nur das Geld will ich noch haben.
Der Alte brummte etwas in sich hinein.

- Dann gehen wir wohl besser mit, sagte er entschlossen.

Zwanzig

Wir wanderten zu dritt über kleine Seitenwege zur Lagerhalle der Autoschieber. Tom ging vorneweg. Und ich glaube, er war ganz froh, uns dabeizuhaben. Die Mittagssonne brannte, es war richtig heiß und Schatten gab es mehr als spärlich. Jeder hätte uns für maximal durchgeknallt gehalten, ausgerechnet zu dieser Stunde einen Spaziergang zu machen. Serge ging gemächlich und wir orientierten uns an seinem Tempo. Er schnaufte leicht, sagte aber nichts weiter. Tom warf einen kurzen, nachdenklichen Blick auf seinen Großvater.

- Da hinten an der Wegkreuzung machen wir eine kleine Pause, entschied er und niemand widersprach.

Der Platz war gut gewählt. Er lag im Schatten der Bäume, darunter ein behagliches Moospolster. Wir setzten uns hin, Serge zog einen Flachmann mit Whiskey aus der Tasche und reichte ihn herum. Das Zeug war zu warm, wirkte aber sofort.

- Tom, fragte Serge, ist es noch weit.

- Nein, sagte Tom, nicht mehr weit. Er saß mit dem Rücken an einem breiten Baumstamm und betrachtete seine Hände. Etwa noch einen Kilometer.

- Na dann kann ich wohl noch eine Runde dösen. Wir wollen die Herren schließlich nicht beim Lunch stören, sagte Serge mit einem Grinsen und rollte sich auf dem Waldboden zusammen. Ich machte es ihm nach, nur Tom blieb an seinen Baumstamm gelehnt und grübelte. Ich hatte vielleicht eine Stunde im Halbschlaf gelegen, als Tom mich an der Schulter rüttelte.

- Nicky, flüsterte er, ich habe kein gutes Gefühl bei der Geschichte. Bitte gib auf Serge acht.

Ich nickte und wollte ihn gerade beschwichtigen, da richtete Serge sich auf und reckte seine Knochen.

- Ich kann noch ganz gut alleine auf mich aufpassen, sagte er und schleuderte einen feurigen Blick auf uns. Aber warum hast du ein dummes Gefühl bei der Sache?

Seine Stimme war scharf und schneidend.

- Weil ich scheiße bin, sagte Tom, stand auf und ging einige Meter voraus. Serge und ich rappelten uns vom Boden auf und folgten ihm mit etwas Abstand.

- Es ist schön zu sehen, dass er noch zwischen gut und schlecht unterscheiden kann, sagte Serge leise zu mir. Den Rest des Weges marschierten wir schweigsam. Serge schnaufte wieder, die Sonne brannte, war aber erträglicher geworden. Es war auch wirklich nicht mehr weit. Bald gaben die Bäume den Blick auf ein baufälliges Lagerhaus frei. Tom blieb stehen und wartete auf uns.

- Das ist es, sagte er und deutete auf den Schuppen. Ich gehe rein, wartet vor der Tür.

Tom öffnete die Metalltür ohne anzuklopfen. Seine Schritte hallten auf dem Betonboden, dann hörten wir Stimmen, ohne die Worte zu verstehen. Erst als sie lauter redeten, verstand ich Satzfetzen wie "Jeep nicht geliefert", "mein Geld" und "kleiner Wichser".

Die Tür war nur angelehnt. Ich öffnete sie einen Spalt und spähte in die Halle mit mehreren Luxuslimousinen. Tom stand dort mit zwei Männern, ich erkannte sie als die beiden aus dem Casino wieder. Serge lehnte neben mir an der Wand und nahm einen Schluck Whiskey.

- Was passiert?, fragte er.

- Zwei alte Bekannte aus dem Casino in Monte Carlo diskutieren angeregt mit Tom, sagte ich und versuchte, mehr zu erkennen.

Ich bekam gerade noch mit, wie der Blonde seine Faust unter Toms Kinn setzte. Tom schwankte nach hinten, fing sich aber noch rechtzeitig und versetzte im nächsten Moment dem anderen einen Tritt in die Magengrube.

- Gibt Ärger, sagte ich zu Serge und beeilte mich, Tom zu helfen.

Wie ein Blitz war Serge mir auf den Fersen, schneller, als ich ihm zugetraut hätte. Der Schwarzhaarige krümmte sich und knickte in den Knien ein. Doch der Blonde versetzte Tom zwei Hiebe ins Gesicht, bevor ich ihm in die Fresse treten konnte. Serge setzte ihm im Fallen noch einen trockenen Haken auf das Auge. Als ich mich umdrehte, sah ich, wie der andere gerade einen schweren Schraubenschlüssel auf Toms Stirn schmetterte. Blut spritzte durch die Gegend und Tom sank wie gefällt zu Boden. Der Typ wirbelte herum und ging mit dem Eisen auf mich los. Ich konnte von Glück reden, dass Serge plötzlich hinter dem Kerl stand und ihm die Handkante ins Genick setzte. Mit einem Grunzlaut fiel er so dumm auf die Erde, dass er sich noch das Nasenbein brach und dickes Blut aus beiden Löchern sickerte. Serge kniete sich neben Tom und strich ihm die blutverklebten Haare aus der Stirn, während ich mich davon überzeugte, dass der Kampf zu Ende war. Dann riß ich mein T-Shirt in Fetzen und wollte Serge gerade ein Stück geben um das Blut zu stillen, als sich sein Gesicht schmerzhaft verzog. Er wurde ganz weiß und schnappte nach Luft, dann brach er bewußtlos über Tom zusammen. So eine verdammte Scheiße, dachte ich, mich trifft der Schlag. Bis jetzt war alles furchtbar schnell gegangen, wie ein Reflex. Keine Zeit zum Nachdenken. Aber plötzlich überfiel mich die nackte Angst, ich hätte mir am liebsten in die Hose gepißt. Kalter Schweiß trat auf meine Stirn und beinahe hätte ich angefangen zu flennen. Ich riß mich zusammen, drehte Serge auf den Rücken, winkelte seine Beine an und begann eine Herzmassage, oder zumindest was ich dafür hielt. Die Sekunden, die ich über ihm kniete dauerten eine Ewigkeit, aber irgendwie fing sein Herz wieder an zu pumpen, wenn auch nur sehr schwach. Ich warf einen Blick auf Tom, der immer noch wie ein Schwein blutete. Der Schlag hatte seine Platzwunde wieder mächtig aufgerissen. Notdürftig legte ich ihm einen Druckverband aus den T-Shirt-Fetzen an. Dann fand ich einen Eimer Wasser und kippte ihn über Tom. Langsam öffnete er die Augen.

- Kannst du aufstehen?, schrie ich ihn an, wir müssen hier raus, zum Krankenhaus, Serge hat einen Herzinfarkt, glaube ich.

Tom bewegte sich wie in Zeitlupe, aber immerhin bewegte er sich. Ich stürzte zu einem Citroen und wäre dabei fast über den Blonden gefallen, der immer noch wie tot dalag. Der Zündschlüssel steckte, also öffnete ich die hintere Tür. Ich sprang zu Serge zurück, verpasste ihm noch eine kurze Herzmassage und schleppte ihn dann vorsichtig zum Wagen. Nur mit Mühe gelang es mir, ihn auf die Rückbank zu hieven. Ich mußte das Fenster runterkurbeln und seine Füße nach draußen durchschieben, sonst hätte er nicht reingepaßt. Aber es hatte den Vorteil, dass seine Beine hochlagen. Tom hatte es beinahe bis zum Wagen geschafft, ich half ihm auf den Beifahrersitz und schlug die Tür zu.

- Wo ist dieser verdammte Schalter für das Garagentor, fluchte ich und stöberte an den Wänden.

Endlich fand ich das Scheißding, mit einem knarzenden Geräusch öffnete sich das Tor, ich rannte zum Citroen, ließ die Schüssel an

und knallte den Rückwärtsgang rein. Tom hielt sich den Kopf
und stöhnte, dann sackte er gegen die Scheibe. Mit quietschenden
Reifen setzte ich aus der Halle, drückte den ersten Gang, würgte
das Getriebe und schoß den schmalen Weg entlang. Die Vögel
zirpten als sei nicht geschehen

Einundzwanzig

- Hey Tom, Tooom, schrie ich ihn an, nicht einschlafen, komm, bleib wach, Kleiner.

Er kam hoch wie aus einem Alptraum. Seine Augenlider flatterten, seine Hände verkrampften sich um seine Knie.

- So eine verdammte Scheiße, sagte er und schnappte im gleichen Moment tief nach Luft.

Dann sank sein Kopf wieder nach hinten. Er stöhnte. Ich muß ihn unbedingt wachhalten, dachte ich und rüttelte ihn an der Schulter. Noch immer glänzte sein Verband von nassem Blut, über seiner Augenbraue war es bereits verkrustet.

- Verdammte Scheiße, sagte er wieder und preßte eine Hand fest auf den Verband an seiner Stirn.

Ich zog den Citroen auf höchste Umdrehungszahlen und versuchte, den kürzesten Weg ins Krankenhaus von Nizza zu nehmen. Je näher wir der Stadt kamen, desto übler wurde es mit dem Verkehr. Ich überholte wann immer es ging auf den schmalen Straßen und trat den Wagen bis an die Schmerzgrenze. Andere Autos hupten oder mußten ausweichen, aber ich schaffte es, den Überblick zu behalten, obwohl mir zum Kotzen war. Im Spiegel beobachtete ich Serge, der regungslos auf der Rückbank lag und leise röchelte. Ein dünner Faden weißen Schleims rann aus seinem Mundwinkel. Seine Brust hob und senkte sich kaum wahrnehmbar. Und das hielt ich für ein gutes Zeichen. Ich versetzte Tom einen Schlag auf das Bein, damit er die Augen aufbehielt. Gerade war ich über eine rote Ampel gebrettert, als ich eine Hand kalt und schwach auf meiner Schulter spürte. Serge war zu sich gekommen und versuchte vergeblich, sich aufzurichten.

- Bleib liegen, bleib still liegen, sagte ich hektisch zu ihm, wir sind gleich da. Aus seiner Kehle rutschte ein sprödes Gurgeln. Dann war es still, als ob er noch einmal Kräfte sammelte. Sein Atem wurde regelmäßiger.

- Nicky, sagte er leise und seine Stimme schmirgelte wie Schleifpapier. Ist dein Bruder o.k.?

- Ja, sagte ich, Tom geht es gut, halt bitte durch, wir sind gleich da.

Wenn es überhaupt möglich war, gab ich noch mehr Gas und schrammte knapp an einem Unfall mit zwei Lastwagen vorbei. Das Hospital lag nur noch einige Straßen weiter, längst hatte ich es aufgegeben, mich um Verkehrsschilder zu kümmern.

- Nicky, sagte Serge noch leiser und stockender als zuvor und versuchte, einen Rest von Gewißheit in seine Stimme zu legen, ihr müßt lernen, die einfachen Dinge im Leben zu akzeptieren.

Er hustete und schloß die Augen. Im Rückspiegel sah ich, wie seine Lippen ein Lächeln formten. Dann kam ich vor der Notaufnahme des Hospitals zum Stehen, rannte hinein und brachte die Pfleger auf Trab. Sie hievten Serge und Tom auf Tragen und schleppten die beiden in die Klinikräume, während ich mich an einen Pfeiler klammerte und hemmungslos in die Rabatten kotzte. Nach einer halben Ewigkeit löste ich mich von dem Ding, taumelte in die Notaufnahme und setzte mich auf einen Stuhl. Eine Schwester brachte mir ein Glas Wasser und einen mitleidigen Blick. Ich ließ mich mit der Polizei verbinden, erzählte kurz die Geschichte und gab ihnen die ungefähre Lage des Lagerschuppens und eine Beschreibung der beiden Kerle durch. Danach blieb mir nichts anderes übrig als zu warten. Und immer wieder lief derselbe verdammte Film vor mir ab. Tritte und Blut, schmerzverzerrte Gesichtszüge und das Ringen nach Luft. Endlich kam ein Arzt, goß sich eine Tasse Kaffee ein und bot auch mir eine an. Ich bedankte mich.

- Dem Jungen geht's verhältnismäßig gut, sagte er, hat eine Menge Blut verloren, wir haben die Wunde mit vier Stichen genäht und dazu hat er eine ordentliche Gehirnerschütterung, aber in ein paar Tagen ist er wieder auf den Beinen.

Der Arzt trank eine Schluck Kaffee. Ich schaute ihn ängstlich an und hing an seinen Lippen.

- Aber bei dem alten Mann kam jede Hilfe zu spät, es tut mir leid, sagte er.

Ich nickte, als hätte ich es schon gewußt. Ich nickte nur und alles in mir krampfte sich zusammen.

- Ja, sagte ich, schon gut.

Dann füllte er einige Papiere aus und fragte mich nach den Namen.

- Ich rufe ihnen ein Taxi, sagte er, hier können sie nichts mehr tun.

- Danke, sagte ich und ließ mich nach Hause fahren. Ich war allein und weinte.

Zweiundzwanzig

Nadims Frau hatte den Tisch gedeckt und brachte uns Kaffee. Auf Serges Platz stand eine hübsche Fotografie von ihm. Tom nahm das Bild in die Hände und betrachtete es. Noch immer trug er einen Verband um die Stirn. Unter den Augen zeichneten sich dicke, schwarze Ränder ab. Nadim fuhr sich mit den Fingern durch seine streng nach hinten gekämmten Haare und zündete sich dann eine Gauloises an. Als einziger trug er einen schwarzen Anzug. Ich saß da, mit vor der Brust verschränkten Armen und kaute versunken auf meinen Lippen. Drei tottraurige Männer an einem sonnigen Tag im Juni. Gerade hatten wir Serge zu Grabe getragen. Es war eine kurze, würdige Zeremonie gewesen, mit nur wenigen Menschen. Außer uns nur noch ein paar Nachbarn und die Schwester seiner Frau mit ihrem Mann. Serge hatte schon seit ewigen Jahren keinen Kontakt mehr zu ihnen gehabt, irgendwie hatte Tom sich daran erinnert, diese Tante in Marseille zu benachrichtigen. Wie einsam muß er gewesen sein, dachte ich, manchmal. In einer dieser langen, stillen Abendstunden hatte er einmal zu mir gesagt: Wer, wenn nicht wir, sollen denn die Würde, Liebe, Vertrauen und den Mut zur Größe in dieser Welt bewahren.
Vielleicht war er deswegen allein geblieben. Als Wächter des Schatzes sozusagen, der weiß, dass zu viele Menschen seine Werte nur ruinieren würden. Tom legte das Bild aus der Hand, stellte es wieder auf seinen Platz und trank einen Schluck Kaffee. Nadim stand auf und ging zur Theke. Er brachte uns eine Flasche Pastis, Gläser und eine Karaffe Wasser.

- Auf Serge, sagte er, nachdem er allen eingeschenkt hatte, er war mein bester Freund.

- Auf Serge, sagte ich, er war wie ein Vater für mich.

- Auf meinen Großvater, sagte Tom, er wird immer bei uns sein.

Wir stießen an und tranken. Dann goß Nadim nach.

- Wißt ihr schon, was ihr jetzt machen werdet?, fragte er und ließ seinen schwermütigen Blick lange auf uns ruhen.

- Ja, sagte Tom bestimmt, ich gehe zu Maria und gebe alles für die zweite Chance.

Er rieb seinen Verband über die genähte Wunde. Sie schien zu heilen. Sein Blick lag auf mir, aber ich zögerte mit einer Antwort.

- Vielleicht werde ich Neal besuchen, sagte ich unsicher, jetzt wo ich zur Familie gehöre. Und Europa wird mir sowieso irgendwie zu eng.

- Das ist eine gute Idee, sagte Nadim und füllte unsere Gläser. Langsam wurde ich betrunken und meine Traurigkeit wurde zu Melancholie.

- Serge sagte noch, wir seien Brüder, meinte ich zu Tom. Er nickte und lächelte mich an.

- Das sehe ich auch so.
Ich versuchte, sein Lächeln zu erwidern.

- Nadim, sagte er, paßt du bitte auf unser Haus auf, solange Nicky und ich nicht da sind? Nadim schmunzelte und schlug wie zur Bestätigung die Augen nieder.

- Denn ich schätze, wir möchten später darin leben und alt werden.